Glossário mínimo de lêmures

em João Guimarães Rosa

Glossário mínimo de lêmures
em João Guimarães Rosa

Coordenação:
Tereza Virgínia Ribeiro Barbosa

/re.li.cá.rio/

Dados Internacionais de Catalogação na Publicação (CIP) de acordo com ISBD

G563

Glossário mínimo de lêmures em João Guimarães Rosa / coordenado por Tereza Virgínia R. Barbosa; autores Aline Menezes, Aline Silva, Dirce Lara, Ian Costa, Manuela Barbosa, Sarah Zinato, Tereza Virgínia R. Barbosa. – Belo Horizonte: Relicário, 2025.
164 p. ; 14,5 x 21cm

ISBN: 978-65-5090-036-6

1. Rosa, João Guimarães, 1908-1967 – Linguagem – Vocabulários, glossários, etc. 2. Literatura brasileira – Dicionários. I. Menezes, Aline. II. Silva, Aline. III. Lara, Dirce. IV. Costa, Ian. V. Barbosa, Manuela. VI. Zinato, Sarah. VII. Título.

CDD: 413
CDU: (038)

Elaborado pelo bibliotecário Tiago Carneiro – CRB-6/3279

COORDENAÇÃO EDITORIAL Maíra Nassif Passos
EDITOR-ASSISTENTE Thiago Landi
PROJETO GRÁFICO Ana C. Bahia e Tamires Mazzo
DIAGRAMAÇÃO Cumbuca Studio
CAPA André Lopes
PREPARAÇÃO Manuela Ribeiro Barbosa e Cristiane Fogaça
REVISÃO Olívia Almeida
COLABORADORES Aline Rocha Menezes, Aline Pereira Silva, Dirce Lara, Ian Anderson Maximiniano Costa, Manuela Ribeiro Barbosa, Sarah Nilza Araújo da Silva Zinato

/re.li.cá.rio/
Rua Machado, 155, casa 4, Colégio Batista | Belo Horizonte, MG, 31110-080
contato@relicarioedicoes.com | www.relicarioedicoes.com
relicarioedicoes relicario.edicoes

Só sei que há mistérios demais, em torno dos livros e de quem os lê e de quem os escreve; mas convindo principalmente a uns e outros a humildade. A fazedora de velas, *queira Deus o acabe algum dia, quando conseguir vencer um pouco mais em mim o medo miúdo da morte etc. Às vezes, quase sempre, um livro é maior que a gente.*

JGR

Sumário

Introdução

Este *Glossário mínimo de lêmures em João Guimarães Rosa* é resultado de um trabalho desenvolvido por um grupo de pesquisa *ad hoc* constituído a partir de uma disciplina, intitulada Lêmures em Guimarães Rosa, do curso de Pós-Graduação em Letras: Estudos Literários, da Faculdade de Letras da Universidade Federal de Minas Gerais (Fale/UFMG), ministrada em 2022. Os pesquisadores envolvidos – Aline Rocha, Aline Silva, Dirce Lara, Ian Anderson, Manuela Ribeiro Barbosa, Sarah Araújo e Tereza Virgínia R. Barbosa – se dispuseram ao exercício prático de coleta de dados (visando à conferência dos pressupostos teóricos apresentados em sala de aula e aplicando-os à obra literária, ao se servirem da nova ferramenta teórica utilizada e que nomeou o curso). Nessa disciplina, indagávamo-nos sobre alguns dos processos factíveis de criação de sentido na obra rosiana.

Os parâmetros foram demarcados de modo livre, partindo daqueles descritos para a formação de palavras contemplados nos estudos de Patrizia Bastianetto (1998). Assim, observamos os *lêmures*, isto é, termos lexicais passíveis de significação oscilante, dinâmica e múltipla, em vocábulos com possíveis variações nos âmbitos:

1. da execução fonética-fonológica (dependente do falante fortuito);
2. da aplicação de processos morfossintáticos diversos (derivação, prefixação, semiprefixação, sufixação, parassíntese, derivação regressiva e por composição);
3. dos processos sintagmáticos inusitados e gerados por meios heteróclitos (aglutinação, formação de expressões sintagmáticas; processos mistos de composição; formação de vocábulo impressivo, expansão de sigla lexicalizada, expansão de redução, expansão de empréstimo; processos estilísticos aleatórios; criação gráfica, redobro, aglutinação estilística, criação forjada de expressões sintagmáticas coesas, cruzamentos de palavra, redução. Cf. Bastianetto, 1998, p. 15-17); e, ainda,

4. da modificação de processos semânticos marcados na origem da palavra, que englobam a substituição de afixos ou mesmo o uso pleonástico e esvaziamento deles; a recuperação de bases arcaicas; a vernacularização de lexias de formação erudita; o uso de afixos inusitados, a composição por analogia com modelos únicos, a expansão de compostos por derivação impraticada no cotidiano etc.; os processos para conferir à lexia uma aura mais rica e movimentada (cf. Bastianetto, 1998, p. 18-19).

Advertimos, no entanto, que não se trata de um trabalho de categorizações nem de uma recolha exaustiva. O trabalho não é longo; pelo contrário, se apresenta como "mínimo". Não se espere dele o crivo realizado por Nei Leandro de Castro em *Universo e vocabulário do Grande sertão* (1982); o empenho e a apuração fabulosa de Nilce Sant'Anna Martins em *O léxico de Guimarães Rosa* (2001); nem sequer a larga abrangência geral da *Enciclopédia jagunça*, de David Lopes da Silva (2011).

De fato, estabelecemo-nos como "mínimos" e como autores tão só de um "glossário", porque acreditamos que a realização de um glossário para determinada obra põe – tal como afirmou Maria Helena Mira Mateus (1995, p. 289) – questões que "têm por vezes efeito retroativo sobre o estabelecimento do próprio texto. A exploração e a análise da língua em que está escrita determinada obra (...) só pode levar-se a efeito de forma completa se a obra for acompanhada de glossários".

No caso de Guimarães Rosa, glossários são deveras importantes para garantir o entendimento e a amplitude de trechos apresentados de forma obscura e também de passagens vistas inicialmente como simplórias ou banais, mas que contêm, após um exame mais acurado, um conteúdo genial. Todavia, glossários exaustivos para esse autor seriam de preparação morosa e onerosa, dado o imenso volume de termos a serem estudados e enumerados de sua tão vasta obra.

Na obra presente, a seleção se deu de modo subjetivo; cada participante do grupo de pesquisa escolheu, por iniciativa própria, 10 entradas acompanhadas do trecho de ocorrência do termo. O restante, 61 entradas, foi selecionado, coletado e analisado pela professora coordenadora da pesquisa. Ao todo são 114 verbetes, e se incluímos dois que apresentamos nesta introdução – LÊMURES e CATRUMANOS –, 116.[1]

Trata-se, na verdade, de uma investigação pragmática e comprobatória ainda em andamento. É, portanto, um glossário objetivo, especializado em lêmures, e também inacabado, como a vida em fluxo. Fazê-lo completo justificaria um financiamento por dois ou três anos e uma equipe de apoio robusta. Não se espere, igualmente, uma obra de lexicografia. Não focamos palavras "novas", "estranhas" ou "desusadas" para decifrar enigmas. Estamos mais preocupados com os efeitos de palavras comuns que se desdobram em muitos significados possíveis, provocando um entendimento "pregueado" do contexto. De algumas, o próprio Guimarães Rosa dá seu testemunho e assume buscar a profusão de sentidos no ordinário da fala.

Deste modo, hipotetizamos que os achados aqui destacados podem ter sido usados propositalmente com sentidos diversos de trecho para trecho, de obra para obra, o que indica uma busca deliberada pela acumulação com o fim de criar a vertigem de sentidos necessária para que ocorram "aparições", lêmures imprevistos. Intentamos demonstrar que coisas ignoradas (ou pelo menos consideradas como expletivas) pelos dicionários tradicionais, no contexto rosiano, fazem muita diferença na interpretação do texto, a exemplo da conjugação verbal ou da declinação nominal e da categoria de vocábulo de uso múltiplo (se substantivo, adjetivo ou verbo, se no masculino ou feminino, se selecionado em formas padrão ou desviantes etc.).

Acreditamos oferecer ao leitor uma ferramenta criativa, interpretativa e utilitária para que ele possa usufruir de um prazer intenso ao ler João Guimarães Rosa. Cremos que este inventário sucinto e de poucas palavras-lêmures, ainda incipiente, haverá de ser capaz de orientar uma investigação mais densa e com maior fôlego tanto da obra rosiana quanto da própria ferramenta de estudo aqui apresentada.

Por serem mais visíveis e de apreensão imediata, este volume se limitou à coleta dos lêmures lexicais identificados por nós durante quatro meses de encontros semanais para discuti-los. Além destes, os sintáticos, estrangeiros e fonéticos, mais raros e sutis, podem ser encontrados, de forma mais aprofundada, na obra *Lêmures gregos em João Guimarães Rosa* (Barbosa, 2022b). Por ora, limitamo-nos a arrolar as portentosas aparições que enxergamos nos textos, as quais, em parte, nos foram propostas durante o curso pelo interesse particular de cada um. Os verbetes desenvolvidos apresentam uma brevíssima análise do trecho. Incluímos, neste volume, um resumo teórico da ferramenta de estudo idealizada.

Em suma, ensejamos que *ex patriis ritibus optuma colunto* (dos ritos ancestrais, cultivem-se os melhores),[2] todos.

Origens de uma ferramenta teórica

LÊMURES são, originalmente, entidades da mitologia romana, que se tornaram, em nossas pesquisas, a sugestão de uma denominação para uma ferramenta teórica voltada para o estudo da obra de Guimarães Rosa. De toda forma, os lêmures não nasceram em Hollywood, personificando rei Julien e seus súditos.[3] Topamos com eles *ex officio*, ao descobrir (e pesquisar, é claro) uma ocorrência lexical embaraçante em *Grande Sertão: veredas*.[4] Eles chegaram do mundo antigo disfarçados de "catrumanos", nascidos da cabeça de um mineiro herdeiro de Atena, e não de um cineasta nem de um biólogo ou veterinário de Madagascar. Sobre eles, os catrumanos, discorremos brevemente em *Feita no Brasil: a sabedoria vulgar da tragédia ática para o povo tupiniquim-catrumano* (Barbosa, 2018a, p. 141-142), mas, para este glossário, vamos nos aprofundar um pouco mais nos modos dessa gente transparente inventada.

Teoricamente, os CATRUMANOS estudados pelos etnólogos são brasileiros de raízes indígenas; "bugres"; descendentes de africanos, de africanos misturados com nativos e, igualmente, de africanos miscigenados com portugueses, italianos, espanhóis, franceses, ingleses, japoneses...[5] Os sertanejos rosianos residentes no nordeste de Minas, no oeste da Bahia e de Goiás também parecem descender dessas insólitas e moventes misturas. Contudo, essa gente se conforma – no universo ficcional vimaranense e, sobretudo, em *GSV* – a partir de um vínculo linguístico e de um espaço geográfico inventado.[6] Local e fala imaginados e estetizados os determinam.

Willi Bolle (2004, p. 63), assim como Castro (cf. nota 4), alarga a categoria dos catrumanos, relacionando-os, por analogia, ao "país de mil-e-tantas-misérias": os catrumanos são o Brasil. Contudo, acreditamos que estes que parecem ser reflexo de miséria, na postura de Viveiros de Castro, podem carregar em si todo um excesso de riqueza. "Catrumanos dos gerais. Pobres, mas atravessados de armas, e com cheias cartucheiras" (Rosa, 2009b, p. 59).

Guimarães Rosa lida com esse "país de mil-e-tantas-misérias" a partir de três grupos étnicos distintos, além daqueles outros dois que formam os bandos dos jagunços e dos proprietários de terra. Os três grupos seriam os caborjes, os urucuianos e os catrumanos. Os caborjes no *GSV* são gente dada aos feitiços e mandingas: levam bentinhos no corpo, são supersticiosos e carregam sobre si a suspeita popular de terem feito pactos com o diabo.[7] Os urucuianos abarcam todos os que vivem na região que percorre o Urucuia, rio que banha o estado de Minas Gerais e se incorpora à bacia do São Francisco. O povo dessa região é chamado, então, urucuiano.[8] Finalmente, temos os catrumanos, enfeixados pela palavra que nos levou aos lêmures. No *GSV*, os catrumanos são "cabras do Alto Urucúia", que encontram o bando de Riobaldo após descerem o rio Paracatu.[9] O dicionário *Aulete digital* registra catrumano como "caipira", "matuto" e remete o leitor para o nome "quadrúmano". Latorre detalha o que entende desta "etnia" e afirma que, no *GSV*, eles são o que Monteiro Lobato materializou na figura do Jeca Tatu. Rosa os define como gente de capacidade de ódio de muito alcance:

> [r]aça daqueles homens era diverseada distante, cujos modos e usos, mal ensinada. Esses, mesmo no trivial, tinham capacidade para um ódio tão grosso, de muito alcance, que não custava quase que esforço

> nenhum deles; e isso com os poderes da pobreza inteira e apartada; e de como assim estavam menos arredados dos bichos do que nós mesmos estamos, porque nenhumas más artes do demônio regedor eles nem divulgam. Só o mau fato de topar com eles, dava soloturno sombrio. Apunha algum quebranto. Mas mais que, por conosco não avirem medida, haviam de ter rogado praga. De pensar nisso, eu até estremecia; o que estremecia em mim: terreno do corpo, onde está a raiz da alma. Aqueles homens eram orelhudos, que a regra da lua tomava conta deles, e dormiam farejando. E para obra e malefícios tinham muito governo. Aprendi dos antigos. Capatazia de soprar quente qualquer ódio nas folhas, e secar a árvore; ou de rosnar palavras em buraco pequeno que abriam no chão, tapando depois: para o caminho esperar a passagem de alguém, e a ele fazer mal; ou guardavam um punhado de terra no fechado da mão, no prazo de três noites e três dias, sem abrir, sem largar: e quando jogavam fora aquela terra, em algum lugar, nele com data de três meses ficava sendo uma sepultura... De homem que não possui nenhum poder nenhum, dinheiro nenhum, o senhor tenha todo medo! (Rosa, 2009b, p. 252-253)

"De homem que não possui nenhum poder nenhum, dinheiro nenhum, o senhor tenha todo medo!"; que se guarde esta frase nos ouvidos e que se aplique o ensinamento dela às palavras comuns, aquelas que passam despercebidas, mas que são potentes para gerar incertezas assustadoras. Note-se pela citação, ainda, que Rosa dá aos catrumanos o ar misterioso dos lêmures antigos de Roma, criaturas de um outro mundo carregadas de poder mágico. Em passagem "lemúrica", Rosa escreve: "De chapéu desabado, avantes passos, veio vindo, acompanhado de seus cinco cabras. Pelos modos, pelas roupas, aqueles eram gente do Alto Urucúia. Catrumanos dos gerais. Pobres, mas atravessados de armas, e com cheias cartucheiras" (Rosa, 2009b, p. 252). Explicamos alhures (Barbosa, 2022b, p. 108, nota 73) a condição lemúrica do vocábulo "armas"; ele é, "nos gerais" do Brasil, frequentemente sonorizado com o "r" retroflexo e, consequentemente, se transforma na misteriosa realização aural da palavra "alma", em lambdização [cf.

verbete **ARMA**]. Esse fato fonológico assusta e faz dos catrumanos homens atravessados de almas... Palavras como "armas/almas" têm vidas pregressas no Rosa, são lêmures.

Nesta pesquisa, apuramos, no entanto, que muito antes de os catrumanos serem "caipiras" no dialeto da população mineira, eles foram classificados cientificamente como seres do reino *animalia*, filo *chordata*, classe *mammalia* e da ordem *quadrumana*.[10] Trata-se dos que têm quatro mãos, os pertencentes à antiga divisão dos mamíferos que compunha os primatas, e, no verbete do *Dicionário Houaiss*, correspondem aos "dotados de pés preênseis, semelhantes a mãos". São divididos entre macacos e lêmures propriamente ditos. Em termos filológicos, poderíamos interpretar o léxico "catrumano-lêmure" como os "abaixo (κατά) do humano"; seres de cauda longa e movente que provoca rebarbas de significado. Em termos mítico-culturais, eles estariam ligados aos espectros de um mundo romano antigo: almas penadas, fantasmas (do lat. *lemures*), como veremos à frente.

O lêmure de cauda anelada, um dos primeiros lêmures a ser classificado por Lineu, 1758.[11]

Por ora, temos que, literariamente, os catrumanos são, na escrita de *GSV*, "ossos e queixos"; têm "voz de ladainha de santos e de encomendação de mortos" (Rosa, 2009b, p. 250); dão gritos de "onça e de uivado", vão a pé como macacos, "nem cavalo eles não têm", "de chapéu desabado", com "avantes passos" (Rosa, 2009b, p. 59). A escrita sugestiva rosiana abre mistérios em cada expressão. Veja-se em um dos exemplos citados, "avantes passos", que a similaridade sonora entre o conjunto de labiais e dentais parece fazer surgir sussurros, silvos e espectros, "avantesmas/abantesmas".[12] Estes "[h]omens reperdidos sem salvação naquele recanto lontão de mundo, groteiros dum sertão, os catrumanos daquelas brenhas" (Rosa, 2009b, p. 250), encerravam consigo magia, nos tempos antigos os primeiros homens deviam ter sido assim.

Resta por fim reconhecer que João Guimarães Rosa semeou – nos catrumanos – a sugestão da ferramenta que ora apresentamos neste glossário. Antes, porém, parece, conviviam com estes seres flutuantes apenas os romanos.

Os lêmures romanos

Na Antiguidade, o termo se referia a espíritos do outro mundo que podiam ser maléficos ou benfazejos. Como entidades do mal, apareciam à noite, movendo-se sempre e assombrando as casas. Os romanos antigos, para aplacarem tais espíritos, que vinham expiar/espiar seus crimes, instituíram as *Lemurias*, festas que integravam um festival que ocorria nos dias 9, 11 e 13 de maio de cada ano. Nesse período, os lêmures recebiam ofertas e sacrifícios. Margaret C. Howatson, no *Dictionnaire de L'Antiquité* (1993, p. 568), define-os do seguinte modo:

> **lêmures ou fantasmas** (lat. *lemures* e *larvae*): os mais terríveis eram os daqueles que morreram jovens, donde se pensava que tinham rancores recolhidos. Ovídio (*Fastos*, 5, 419 e ss.) descreve o ritual que, em seu tempo, todo proprietário de casa praticava em privado.

> Para exorcizar os fantasmas, ele se levantava à meia-noite e, descalço, andava pela casa enquanto atirava nove feijões pretos destinados a alimentar os fantasmas, como resgate pelos membros vivos da família que os fantasmas poderiam ter sequestrado. (...) Depois de realizar outros ritos, ele conseguia afastar os fantasmas (...). Esta festa se opõe à *Parentalia*, onde os espíritos são aqueles de parentes próximos, considerados benevolentes (Howatson, 1993, p. 568).[13]

De modo mais detalhado, podemos afirmar que os antigos experimentavam os lêmures em três versões: *Lemures*, *Larvas* e *Manes Paterni* (*Penates*, *Lares*).

> A razão desta confusão foi em grande parte o fato de as diferentes noções de *Lemures*, *Larvas* e *Manes* serem confusamente semelhantes. No uso exato, a palavra comum para "fantasma", no sentido de entidade aterradora, era "*larvae*", termo que era considerado sinônimo dos antiquados "*lemures*". Se, no entanto, nos referimos aos fantasmas como as almas veneráveis do passado, *manes* era a palavra correta a usar. Para além disto, a diferença entre *Larvas* (*Lemures*) e *Manes* era local. Enquanto *Manes* eram os fantasmas do submundo, as *Larvas* (*Lemures*) pertenciam ao mundo superior; isto explica por que é que as *Larvas* estão presentes na vida cotidiana plautina e os *Manes* estão, manifestamente, ausentes lá. Isto também explica a expressão *larvatus* = possuído por uma larva (Lipka, 2009, p. 43).[14]

Na literatura, a presença desses "espíritos" é quase perene e não se limita a Plauto, nem aos termos sistematizados por Lipka na citação pregressa.[15] Para Rosa Gómez de Aquino (2006, p. 132), eles vieram da Etrúria,[16] chegaram a Roma e se estabeleceram definitivamente nas letras romanas. Na família lexical deles poderíamos incluir ainda os ditos parentes mortos, também chamados *Penates*. Tais entidades têm papel importante na *Eneida* de Virgílio, pois o príncipe troiano Eneias, ao deixar Troia para fundar Roma, leva consigo o filho Ascânio Iulo, o pai Anquises, Creúsa, sua mulher, e seus "deuses domésticos", os *Penates*. Evidentemente, a parceria com as divindades domésticas, abrigadas junto às lareiras, os *lares*, sugere que uma das funções dessas entidades é assessorar o herói; neste sentido, são entes de boa índole, *manes*, que, nos ínferos, gozavam de felicidade eterna.

Robert C. Phillips (2016) informa que a denominação dos "espíritos dos mortos" entre os romanos provavelmente derivava de "um eufemismo do latim arcaico *manus* ('bom')". Phillips indica igualmente que não existia o singular para este termo. "Originalmente os mortos eram indiferenciados através de uma coletividade expressa como *di manes*; (...) eram adorados coletivamente em três festivais (*Feralia*, *Parentalia*, *Lemuria*) e, individualmente, no aniversário do defunto".[17]

Entretanto, para o entendimento do que vem a ser os lêmures na condição de ferramenta teórica, basta-nos que eles sejam os fantasmas "falantes" dos mortos (ancestrais emulados, escritores e poetas imitados, falantes anônimos do passado, significados e formas de palavras que se tornaram obsoletos e se perderam no correr dos séculos), cujas atividades podem ser benignas ou maliciosas. Eles vêm ao sistema literário para atormentar, encantar ou apaziguar os leitores-ouvintes. Os bons espíritos são adorados como achados surpreendentes e felizes, *manes*, *penates* ou *lares*; os espíritos *larvas* devem ser considerados, respeitados e analisados até que percebamos o que querem nos "dizer" do empíreo mítico, literário e cultural ou mesmo do futuro. Enquanto não os descobrimos, melhor oferecermos, pelo poeta, como faziam os romanos, uma boa refeição de feijão preto. Afinal,

> os deuses romanos eram invariavelmente eternos. Isto explica por que é que qualquer deus romano, mesmo os antiquados e esquecidos, podia ser invocado em qualquer altura. A temporalidade era, portanto, uma noção constituinte indispensável do conceito de divindade. Mas "eternidade" era um conceito muito inespecífico para ter qualquer consequência prática em termos culturais. Por conseguinte, era limitado. O resultado foi uma série de ocasiões, ou seja, focos temporais, em que se esperava que as divindades relevantes estivessem presentes

e, particularmente, de modo benevolente. Este ciclo de focos temporais de divindades romanas foi registado no calendário pontifício (Lipka, 2009, p. 30).[18]

Maureen Carroll enfatiza a necessidade manifesta dos romanos de manter a vida dos mortos presente na vida ordinária de sua comunidade por meios mais corriqueiros que as celebrações e festividades. Observando os monumentos funerários, ela comenta que:

> [O que] mais se nota nestes textos são as ideias acerca da sobrevivência dos espíritos (*Manes*) dos mortos, objetos da propiciação, que foram poderosos e divinos, como comprova a frequente invocação inicial "aos espíritos dos mortos" (*Dis Manibus*), ou aquelas acerca do renascimento dos restos mortais misturados com a terra como flores, ou acerca da reunião dos filhos sobreviventes, maridos, esposas e amigos com seus entes queridos. Em geral, pensava-se que os mortos continuariam a residir no próprio túmulo, daí a ocasional referência ao túmulo como o lar eterno (*domus aeterna*), ou se acreditava que eles viviam perto do túmulo. Não apenas os restos de oferendas de alimentos colocados no túmulo com os mortos sobreviveram nos cemitérios romanos, particularmente nas regiões do norte da Gália e da Germânia, mas também canos e tubos nos quais podiam ser despejadas oferendas líquidas para os mortos. Os mortos poderiam assim ser mantidos "vivos" e nutridos (Carroll, 2006, p. 4).[19]

A citação se aplica aos nossos interesses, pois julgamos que o resgate de palavras em desuso, de palavras ditas "mortas", de grande peso filológico, filosófico e mítico é, da mesma maneira, um modo de mantê-las "vivas", bem como seus sons, suas letras e seus conceitos. Indo e vindo nas leituras da obra rosiana, percebe-se que este é um dos muitos modos de operar do escritor, para firmar e consolidar a literatura que ele produz, para inovar através dos "tesouros" tirados do baú herdado dos antigos, para, enfim, inserir e ao mesmo tempo fecundar o sistema literário brasileiro no panorama literário mundial e na abrangência de um largo espaço geográfico e temporal.

Todavia, o que mais nos interessa, nesse reúso e resgate lexical, é a práxis do escritor para tal procedimento. Sua prática é sutil: limita-se a sugestões subliminares ou supraconscientes. Recorde-se, quanto a isso, o vocabulário empregado pelo contista mineiro no contexto de descrição dos catrumanos como seres vinculados à morte, particularmente pelas expressões "ossos e queixos";[20] "topar com eles, dava soloturno sombrio"; "no prazo de três noites e três dias (...) ficava sendo uma sepultura"; "nos tempos antigos devia ter sido assim" – já citadas –; e de outras em contextos como "O passado – é ossos em redor de ninho de coruja..." (Rosa, 2009b, p. 339); ou "E que quem saía duma porta, para ir se juntar com o bando de todos – armou, segurando frente de si engatilhada uma garrucha de dois canos, pôs a mira – que era o catrumano Teofrásio, como se fosse braço-d'armas! [braço-d'almas?]" (Rosa, 2009b, p. 385-386). Se bem notarmos, o vocabulário de apoio coincide com aquele dos ritos, cultos, estelas e monumentos dedicados aos mortos do mundo antigo:

> Eventualmente, a partir do reinado de Augusto e, mais frequentemente, a partir de meados do 1º século d.C., o epitáfio é iniciado por uma invocação "aos espíritos dos mortos" (os *Manes*), mencionados como *Dis Manibus* e, mais tarde, abreviados com D M. (...) Um túmulo datado de 165 d.C. em Roma tem uma inscrição introduzida por D M *et somno aeternali, securitati memoriaeque perpetuae* (sono eterno, segurança e memória perpétua). Uma variedade de expressões, geralmente no final do epitáfio, é usada para indicar que tipo de enterro foi realizado. Estas incluem "aqui repousa" (*hic cubat* ou *hic situs est*...), ou "aqui está enterrado" (*hic est sepultus*), ou "aqui descansa" (*hic adquiescit*). Os ossos de um indivíduo podem "estar escondidos" (*ossa inlata*), ou "estar aqui" (*ossa hic cubant*), ou "estão situados aqui" (*ossa condita*), enquanto os ossos, pelo menos até o início do anúncio do século II, normalmente eram cremados e, portanto, eram na verdade

> apenas cinzas. Um corpo podia ser "colocado" (*corpus positum*) ou ser "cremado" (*corpus crematum est*) (Carrol, 2006, p. 126-127).[21]

Ossos misturados em repouso, memória confusa, despertar de sentimentos imprecisos. A imprecisão, como vimos, é marcadamente registrada no étimo fantasmático romano.

Além desses pontos de contato, cremos que há um outro bem característico entre os antigos (os gregos e os romanos) e entre os textos literários rosianos: é que o universo dos espíritos dos mortos – nas palavras e ideias escritas – constitui um aglomerado de crenças e de incertezas de uma cultura. Por exemplo, em Ovídio, os lêmures, enquanto espíritos homenageados em festas particulares, as *Lemurias*, parecem formar um grupo distinto de mortos, diferente dos da *Parentalia* formada pelos *manes* familiares. Já Marcelo Nonio descreve os lêmures como "*larvae* noturnas" [*larvae nocturnae*] (cf. King, 2020, p. 166) e apaga também a distinção entre lêmures e *larvae*, que, em outros autores, tampouco parece estar bem definida. A imprecisão – que gera abundância/fantasmas de significados/polissemia – opera para criar vertigem na escrita de Guimarães Rosa.

De qualquer modo, a polissemia na escrita coexiste com a indefinição na cultura. Ademais, os registros de um poeta específico não representam o todo de uma coletividade, seja ele um Ovídio, um Virgílio, um Cícero ou um Guimarães Rosa. A tradição clássica insiste em delimitar papéis distintos para étimos, conceitos e crenças. Charles King lamenta tal postura e propõe a quebra de fronteiras conceituais perante os espíritos "escritos" dos mortos:

> Infelizmente, os estudiosos têm resistido tradicionalmente à ideia de que diferentes ideias entre os romanos sobre a *Lemuria* poderiam simplesmente coexistir em um grupo e, em vez disso, buscam encontrar argumentos pelos quais se pudesse conciliar as considerações de Ovídio sobre o festival com outros textos (...). Isto normalmente envolve uma tentativa de afirmar uma definição que distingue inequivocamente *manes* e *lemures*, mas a tentativa de

> reconciliar tais definições com Ovídio é muitas vezes um problema (King, 2020, p. 168).[22]

De nossa parte, procederemos de acordo com King. A abrangência do grupo, para nós, suscita mistério e o mantém "vivo", além de refletir nossa incapacidade de estabelecer significados precisos para as palavras, a contrapelo do que pretendia a filologia do século XIX. Perenes são do mesmo modo as culturas – através das artes, em particular, das literaturas, das línguas e dos sistemas literários interconectados entre si. Ler e escrever é interagir com os mortos.

Ferramenta de estudo aplicada a Guimarães Rosa

Neste glossário, a nomenclatura mítica romana será, como avançamos de início, utilizada como termo técnico para indicar uma particularidade do estilo de João Guimarães Rosa, apontada pelo próprio escritor em vários momentos, a saber: a clara intenção de fazer com que de seus textos advenham e repercutam sentidos espectrais sobrepostos e mesmo contraditórios. Alguns trechos, escritos em entrevistas e obras, valem de comprovação de intenção planejada pelo mineiro. No prefácio à obra *Tutameia*, "Sobre a escova e a dúvida", a passagem inicial do tópico VI tange a questão:

> Tenho de segredar que – embora por formação ou índole oponha escrúpulo crítico a fenômenos paranormais e em princípio rechace a experimentação metapsíquica – minha vida sempre e cedo se teceu de sutil gênero de fatos. Sonhos premonitórios, telepatia, intuições, séries encadeadas fortuitas, toda a sorte de avisos e pressentimentos. Dadas vezes, a chance de topar, sem busca, pessoas, coisas e informações urgentemente necessárias.
>
> (...)

> No plano da arte e criação – já de si em boa parte subliminar ou supraconsciente, entremeando-se nos bojos do mistério e equivalente às vezes quase à reza – decerto se propõem mais essas manifestações. Tudo isto, bem, podia não mais ser que ladino artifício, manha de escritor para entabular já empolgantemente o jogo; além de logo abrir símbolo temático: a personagem duplicada de imaginária e exata, por superposição, meio a meio – tal qual a própria "seminovela", em si. Assim foi que pensei. Já, hoje, muito duvido. Sei que o autor, ademais de cauto, tem, para o mais-que-natural, finas úteis antenas.
> (...)
> Só sei que há mistérios demais, em torno dos livros e de quem os lê e de quem os escreve; mas convindo principalmente a uns e outros a humildade. "A Fazedora de Velas", queira Deus o acabe algum dia, quando conseguir vencer um pouco mais em mim o medo miúdo da morte, etc. Às vezes, quase sempre, um livro é maior que a gente (Rosa, 2009b, p. 658, 660, 661).

Em correspondência a Harriet de Onís (2 de maio de 1959), o escritor de Cordisburgo afirma:

> IN THE DISTANCE THE FOREST SLUMBERED IN QUITE PEACE, IN A SILENCE THAT WAS ALMOST AUDIBLE (p. 12, ls. 14/15). Aqui, também por motivos de vis poética, a frase não me agrada. Acho que ficou sem força, sem mistério. O "quiriri", do texto original, é palavra índia, cheia de superstição, de "coisa cósmica", de magia primitiva, de animismo, de sentido "pânico". A floresta é sentida como um enorme animal, que fala tão alto, ou tão grave, que os ouvidos da gente não lhe captam as vozes; um animal enorme que ressona mudamente. É um silêncio que assusta, como pausa prestes a rebentar em rugidos e trovão. Daí, não servir de maneira alguma o IN QUIET PEACE, nem o THAT WAS ALMOST AUDIBLE. Pergunto, pois, e peço: seria possível – ainda que, no caso, fique meio forçado o espírito idiomático da língua inglesa – seria possível deixarmos:

IN THE DISTANCE THE FOREST SLUMBERED ALARMLESS, IN AN ALMOST RESONANT SILENCE –?
(Acho importante que o final da frase seja: ... resonant silence[23] – pela bela aliteração, que joga, inconscientemente, o leitor para diante, para o mistério) (Rosa citado por Verlangieri, 1993, p. 100, grifos do autor).

Expressões poéticas são, de maneira geral, como suscita o título do conto rosiano, "Umas formas" ou, talvez, transliterações do "mundo fantasmo",[24] achados meio sobrenaturais, espectrais, lampejos *simulacrais*, ou descobertas "extra-humanas"[25] que podem acometer o leitor-ouvinte através da polissemia que alcança a vertigem de significados convergentes. Neste caso, entram em jogo ectoplasmas e metaplasmos.

Assim, Rosa usa os lêmures no sentido linguístico e, a um só tempo, como vestígios do além-mundo, a fim de produzir um texto que impacta, surpreende. Ao trecho de carta de 2 de maio de 1959, já citada, a Harriet Onís, indicando ajustes na tradução de "quiriri", vocábulo utilizado no conto "O duelo" de *Sagarana*, Guimarães Rosa, na sequência de sua argumentação, acrescenta:

(Deve ter notado que, em meus livros, eu faço, ou procuro fazer isso, permanentemente, constantemente, com o português: chocar, "estranhar" o leitor, não deixar que ele repouse na bengala dos lugares-comuns, das expressões domesticadas e acostumadas; obrigá-lo a sentir a frase meio exótica, uma "novidade" nas palavras, na sintaxe. Pode parecer crazzy (sic) de minha parte, mas quero que o leitor tenha de enfrentar um pouco o texto, como a um animal bravo e vivo. O que eu gostaria era de falar tanto ao inconsciente quanto à mente consciente do leitor. Mas, me perdoe) (Rosa citado por Verlangieri, 1993, p. 100).

E o escritor afirma claramente que quer criar um texto como um "animal bravo e vivo". Assim, se as palavras perdem, pela escrita, seu voo de voz, estão mortas. Mas, como ele pretende que pareçam vivas, não há como negar que são objeto de um sortilégio... Talvez Rosa seja amigo dos caborjes e, em sua escrita, produza até mortos-vivos.

A receita vem em outra carta, datada de 11 de fevereiro de 1964. Nela, o autor escreve:

> A Sra. terá notado que, no livro todo, raríssimas serão as fórmulas usuais. A meu ver, o texto literário precisa ser de gosto, sabor próprio – como boa poesia. O leitor deve receber sempre uma pequena sensação de surpresa – isto é, vida. Assim, penso que nunca se deverá procurar para a tradução, expressões já cunhadas, batidas e cediças, do inglês. *Acho também que as palavras devem fornecer mais do que significam.* (...) Formas curtas, rápidas, enérgicas. Força, principalmente (Verlangieri, 1993, p. 218, grifo nosso).

Para criar vida: 1. a "pequena sensação de surpresa"; 2. "fornecer mais do que significam" normalmente; 3. "formas curtas, rápidas, enérgicas. Força, principalmente".

Em 3 de abril de 1964, Rosa defende: "No original, não há, praticamente, lugares-comuns. Tudo é atrevimento, estranhez, liberdade, colorido revolucionário. Tudo pela poesia e por caminhos novos! Acabarão aceitando" (Verlangieri, 1993, p. 264).

De fato, o cordisburguense, mediante a multiplicidade e abundância de significados que convivem às vezes em uma mesma palavra, expressão ou frase, cria em seus textos "mundos fantasmos" e vivos diante de nós. Em entrevista a Fernando Camacho (Rio de Janeiro, abril de 1966), publicada na revista *Humboldt*, Guimarães Rosa admite:

> O texto nem sempre ajuda se for lido como coisa objetiva, material, você não pode culpar a nenhum tradutor, porque o texto é pouco claro, quase ambíguo... (...) A minha concepção do mundo não é de verdade material, objetiva... Essa realidade objetiva não existe, eu não acredito nela, é apenas aparência. A verdade, a verdadeira realidade é outra coisa para além deste mundo objetivo, outra coisa... (Rosa, 1978, p. 47-48).

Poderíamos nos alongar em citações, mas não é esse nosso escopo. Terminemos o arrazoado com Paulo Rónai para passar adiante. O autor afirma:

> O ideal de Guimarães Rosa, mais do que o natural, é a expressividade absoluta. Com toda certeza ele possui um talento particular para surpreender e fixar as invenções verbais mais originais da gente do povo, mas ele não se contenta em organizá-las entre seus materiais de uma riqueza toda barroca. (...) Nós o vemos constantemente às voltas com a língua, cujas limitações e imprecisões ele vivencia melhor que ninguém; ele busca multiplicar seus recursos, ora se inspirando em procedimentos de outras línguas (ele conhece muitas a fundo), ora bebendo da fonte latina raízes até o momento não exploradas em português, ora desmontando expressões fixas e até mesmo palavras compostas, recorrendo ao léxico indígena ou simplesmente criando palavras inteiramente novas. Ávido por atribuir à língua o máximo de fluidez e plasticidade, ele a renova com todos os meios, sem preocupações com a estilística nem com as regras gramaticais tradicionais. (...) Em suma, nosso narrador não deixa intacta nenhuma categoria gramatical, nenhum procedimento de derivação ou formação, nenhum meio de coordenação ou subordinação. Não há nada, nem o uso de sinais de pontuação, que não tenha sofrido em suas obras modificações profundas (Rónai, 2020, p. 202-203).

Eis nosso caminho traçado: investigar os processos multiplicativos de criação. O *Glossário mínimo de lêmures* apresenta, portanto, fatos linguísticos e literários e comenta as muitas possibilidades hermenêuticas e semânticas advindas deles. Se há mistérios demais nos livros, pelo menos naqueles que escreveu Guimarães Rosa, podemos afirmar sem reservas que alguns desses mistérios têm origem detectável, fundam-se nas letras, nos sons internos emitidos pelo leitor, na proliferação de sentidos moventes que podem abrigar, sob um só vocábulo, dezenas de lêmures.

Tentemos vê-los em categorias e subnomeá-los: 1. *lêmures*, 2. *larva* e 3. *manes, lares* e *penates*. Lêmures se os apreendemos, larvas se nos torturam, remoem nosso entendimento e não os assimilamos completamente (diante desses urge mais estudo, pesquisa e tempo para compreendê-los), *manes, lares* e *penates* quando os tratamos na perspectiva da Recepção Clássica, da intertextualidade verificada em obras antecedentes de poetas mortos.

Os métodos para detectar os lêmures até agora utilizados foram: lançar hipóteses sobre metaplasmos em suas múltiplas formações (prótese, epêntese, paragoge ou epítese, suarabácti, aférese, síncope, apócope, haplologia, metátese, hipértese, sístole, diástole e, ademais, casos de degeneração, dissimilação, rotacismo, lambdacismo, ditongação, monotongação, metafonia, nasalação, palatização, sonorização e despalatização), suspeitar dos arcaísmos, neologismos, tautologias, redundâncias, onomatopeias e aliterações, e jogar com sentidos vários diante do uso da parataxe e da ambiguidade sintática.

Tereza Virgínia Ribeiro Barbosa

Notas da Introdução

1 Os verbetes "lêmures" e "catrumanos" apresentados nesta introdução não seguem a configuração gráfica dos demais verbetes, mas cumprem esse papel no sentido *lato* da palavra.

2 Cícero, *Sobre as leis*, em tradução de Bruno Amaro e Charlene Miotti. Todas as traduções presentes neste livro, quando não mencionado o tradutor, são de nossa responsabilidade.

3 Desconhecíamos o filme *Madagascar*. Todavia, na ocasião do curso, referido anteriormente, detalhes das personagens nos foram dados pelos alunos, e, posteriormente, por filhos e netos. Alguns muito interessantes e pertinentes para a pesquisa, por exemplo: "Rei Julien, lêmure que também é o rei da ilha, diz 'I like to move it' – em verso entoado e que foi traduzido para o português como 'Eu me remexo muito'". Esta caracterização é justamente o que estabelecemos como uma das principais abrangências da "ferramenta" aplicada à obra de Guimarães Rosa; os lêmures que estabelecemos como "ferramenta de trabalho", segundo Aline Pereira Silva, "são outros significados que, atrelados à sonoridade de um significante original, remexem-se e se movimentam nas palavras escritas, carregando para outros espaços o significado que fora deixado explícito pelo autor no texto, criando assim um amálgama de significados que se unem para amplificar as possibilidades de interpretações dentro de algum contexto". E para outra aluna, Aline Rocha Menezes, "os lêmures biológicos são diversos no tamanho, na coloração, no formato dos olhos – o lêmure-preto-de-olho-azul (*Eulemur flavifrons*), inclusive, tem olhos azuis – e há uma espécie de lêmure, o *indri*, que tem 'ritmo', é capaz de cantar e utiliza o canto para se comunicar. Suas vocalizações apresentam padrões rítmicos também usados por humanos. São nativos somente em Madagascar". As palavras que vamos observar também são diversas, coloridas, ritmadas e plenas de significados.

4 O romance rosiano, a partir de agora, será referido pela sigla *GSV*.

5 Cf. Monteiro, 2006, p. 59: "Há abundância de elementos culturais oriundos de nossa multietnicidade: as raízes indígenas, pelas referências (um tanto longínquas) aos 'bugres' (...), mas muitas e próximas, identificáveis nos lugares, nos costumes da gente sertaneja; as contribuições africanas, nas personagens negras, nas 'rezas baianas', em muitos aspectos". Sobre esta postura teórica, Eduardo Viveiros de Castro amplia o entendimento a partir da explicação de Renato Sztutman: "Viveiros de Castro não

hesita em falar de uma 'retransfiguração étnica' e, apoiado em 'Meu Tio, o Iauaretê', conto de Guimarães Rosa, lido como uma transformação do 'Manifesto Antropofágico', entrevê o paralelismo entre o devir-animal de um índio – esse lugar-comum do perspectivismo – e o devir-índio de um sertanejo – esse aspecto escamoteado da brasilidade. Coube a Darcy Ribeiro atentar para a metamorfose inelutável de tal e tal índio em índio genérico, e deste em bugre, 'brasileiro que nem nós'. Agora é a vez de atentar para o reverso de tudo isso, a metamorfose irresistível do bugre e do índio genérico no tal índio de tal lugar, que fala tal língua (mesmo que ela tenha de ser ensinada por um professor branco) e que já não quer ser definido como tal por tal antropólogo ou tal órgão tutelar" (Sztutman citado por Castro, 2008, p. 18). O próprio Viveiros de Castro afirma o seguinte: "Para mim, tal abordagem estava próxima demais daquilo de que eu estava fugindo, a saber, a imagem do Brasil formulada pela teoria da dependência e que eu via como representando o último avatar do pensamento social burguês no Brasil, sua teoria da nacionalidade, iniciada nas primeiras décadas do século XX por pensadores como Oliveira Vianna, Gilberto Freyre e outros, e depois irrigada por um importante aporte marxista, por gente como Caio Prado e outros. Mas para mim era tudo uma coisa só, e uma coisa profundamente equivocada: era um modo de se transformar o índio em brasileiro, quando o que se precisava, teoricamente falando, era transformar o brasileiro em índio..." (Castro, 2008, p. 61). E ainda: "Começo por lembrar que a literatura brasileira (e latino-americana, e mundial) atinge um de seus pontos culminantes no espantoso exercício perspectivista que é 'Meu tio, o Iauaretê', de Guimarães Rosa, a descrição minuciosa, clínica, microscópica, do devir-animal de um índio. Devir-animal este, de um índio, que é antes, e também, o devir-índio de um mestiço, sua retransfiguração étnica por via de uma metamorfose, uma alteração que promove ao mesmo tempo a desalienação metafísica e a abolição física do personagem – se é que podemos classificar o onceiro onçado, o enunciador complexo do conto, de 'personagem', em qualquer sentido da palavra. Chamo a esse duplo e sombrio movimento, essa alteração divergente, de diferOnça, fazendo assim uma homenagem antropofágica ao célebre conceito de [Jacques] Derrida. (Pode-se ler o 'Meu tio, o Iauaretê', diga-se de passagem, como uma transformação segundo múltiplos eixos e dimensões do 'Manifesto Antropófago')" (Castro, 2008, p. 128). Deste modo, ao tocarmos tais pontos, postulamos que ler os catrumanos como uma origem transgressiva de lêmures rosianos verbais é dizer que a literatura de João Guimarães Rosa se constitui a partir de palavras emancipadas e de puro devir.

6 Cf. Latorre, 2011, p. 49, 50, 53, que cito: "Do significado do grego, *éthnos*, raça, nação, povo com laços de sangue, hoje não resta para a Etnologia nada em seu sentido original estrito. O termo *etno* só faz sentido aplicando-o a um grupo de pessoas e as suas características culturais e sociais em que, em conjunto, refletem etnicidade, ou seja, pessoas que congregam a mesma cultura, língua própria, crenças, concepção e leitura do mundo, habitando algum ponto do espaço para poder ser assim caracterizado como um grupo diferenciado". Sobre o conceito de raça, hoje contestado politicamente, vale conferir a aula ministrada por Kabengele Muganga durante o curso Educação para as Relações Étnico-Raciais, realizado em 2009-2010 pelo Programa de Educação sobre o Negro na Sociedade Brasileira (PENESB), do Núcleo de Estudos Afros da Universidade Federal Fluminense (UFF). Muganga discorre sobre o conceito longamente. Segundo ele, alguns seres humanos são classificados a partir das ideias de superioridade e inferioridade, o que, por certo, vitima aqueles que são considerados inferiores. A diferença é o ponto de origem de todas as formas de discriminação, ou seja, da ideia de raça: "em nossa sociedade convivemos com pessoas de cor de pele diferente ou parecida com a nossa entre familiares, amigos, conhecidos ou desconhecidos. De fato, negra ou preta, amarela e branca, remetem à cor da pessoa (...) que, conjuntamente, constituem as três raças conhecidas na história da ciência, mas que ainda estão presentes no nosso imaginário coletivo". Para o pesquisador, a ideia ganhou força no século XVIII, que "resolve" o problema da diversidade dos seres humanos "inventando" a ideia de raça. Mas, no fim do século XX, a mesma ciência, a partir de pesquisas comparativas, chegou à conclusão de que "esse critério de classificação da humanidade em raça não é operante". Foi então, no século XX, que se abandonou o conceito, afirmando-se, cientificamente, que a raça não existe, "que não há como classificar a diversidade humana em raças fixas ou estanques e isso já faz parte do nosso discurso hoje". Ainda conforme Muganga, a ideia de raça permanece no nosso imaginário mítico como uma boa forma para hierarquizar. Isso é o que ele nomeia de "determinismo biológico", quer dizer, "os comportamentos das pessoas não são explicados em função de suas qualidades ou defeitos pessoais, mas sim em função dos grupos ou das chamadas raças às quais essas pessoas pertencem"; "os que têm pele mais clara são mais bonitos, são mais inteligentes, têm características psicológicas e morais superiores, têm cultura superiores comparativamente aos outros que não são brancos"; "É isso o problema do racismo"; "A realidade da raça hoje não é mais biológica, ela é histórica, política e social". Ver a aula Relações Étnico-Raciais, do

professor Kabengele Munanga, em: https://www.youtube.com/watch?v=7FxJOLf6HCA. Evidentemente, à época de Guimarães Rosa, tal postura crítica seria improvável na sociedade mineira do interior do Brasil, sobretudo para Riobaldo.

7 Há uma única ocorrência do termo "caborje" no *GSV*, o vocábulo na obra é, portanto, um hápax: "Olhe: conto ao senhor. Se diz que, no bando de Antônio Dó, tinha um grado jagunço, bem remediado de posses – Davidão era o nome dele. Vai, um dia, coisas dessas que às vezes acontecem, esse Davidão pegou a ter medo de morrer. Safado, pensou, propôs este trato a um outro, pobre dos mais pobres, chamado Faustino: o Davidão dava a ele dez contos de réis, mas, em lei de caborje – invisível no sobrenatural – chegasse primeiro o destino do Davidão morrer em combate, então era o Faustino quem morria, em vez dele. E o Faustino aceitou, recebeu, fechou. Parece que, com efeito, no poder de feitiço do contrato ele muito não acreditava" (Rosa, 2009b, p. 56). Já em *Sagarana*, o termo aparece com o sentido de "bruxaria, feitiço, pacto com o diabo" (cf. Martins, 2001, p. 89).

8 Sobre os ribeirinhos do Urucuia, podemos citar, ainda: "A sêbo! De dôr do calor de inchação, aquele meu braço sempre piorava. Alaripe me cedeu, de bondoso, uma vasilha com água fria, carreou para mim; em entremeio de atirar, eu molhava bem um pano, torcia por cima do braço, o gotejado frescor de alívio. Um companheiro sempre me ajudando, conforme agradeci. Um urucuiano, daqueles cinco urucuianos de Zé Bebelo. Isso, no instante, estranhei. Notei, de repente: aquele homem, fazia tempo que não se arredava de mim, sempre me seguindo, por perto. Solevei uma desconfiança. Sempre o vulto presente daquele homem; seria só por acasos? O urucuiano, deles, que o Salústio se chamava. O que tinha os olhos miudinhos em cara redonda, boca mole e sete fios de barba compridos no queixo. Arreliado falei: – 'Quê que é? Tu amigou comigo?! Tatú – tua casa...' – para ele. Semi-sério ele se riu. Comparsa urucuiano dos olhos verdes, homem muito feioso. Ainda nada não disse, coçou a barriga com as costas dobradas da mão – gesto de urucuiano. Eu bati com a minha mão direita por cima da canhota, que pegava o rifle, e deixei deixada – gesto de jagunço. Apertei com ele: – 'Ao que me quer?' Me deu resposta: – 'Ao assistir o senhor, sua bizarrice...'"; "Eu apreciasse aqueles homens. A valentia deles estava por dentro de muita seriedade. Urucuiano conversa com o peixe para vir no anzol – o povo diz" (Rosa, 2009b, p. 224, 323).

9 A palavra parece ser carregada de elementos simbólicos. O *Dicionário tupi (antigo) português* de Moacyr Ribeiro de Carvalho (1987) indica o significado de "pará" no tupi antigo como sendo "substantivo: rio caudaloso, mar (arcaico). Em guarani significa

mar" (Carvalho, 1987, p. 236); no mesmo dicionário lê-se que "katu" é um adjetivo e significa: "1. bem, bom; 2. conservado, limpo; 3. muito direito, retilíneo, reto. No grau superlativo, pospõe-se ao adjetivo 'eté'. Advérbio: 'precisamente'. Verbo predicativo: ser bom. Requer pronome paciente. Ex. 'xe katu': eu sou bom = ngatu" (Carvalho, 1987, p. 146). Se quisermos adotar essa orientação temos: paracatu = RIO BOM. Eduardo de Almeida Navarro, para o termo "pará", indica: "*NOTA – PARÁ era o nome que os tupis davam ao rio Amazonas e também ao rio São Francisco, o que nos leva a concluir que tal palavra designava todo rio de grande caudal. Com efeito, ela não figura no *VLB*, de 1621. Daí, os nomes dos estados brasileiros do PARÁ, da PARAÍBA e muitos outros nomes geográficos no Brasil, como PARACATU (rio de MG), PARACAIÇARA (ig. do AM) etc. (...). Daí, também, no P.B., PARAÍBA (para + aí+ -a, 'rio ruim') (S), trecho de rio que não pode ser navegado; IGAPARÁ (Amaz.) (*ygar* + pará, 'rio de canoa'), canal largo; braço largo de rio (in: *Novo Dicion. Aurélio*)" (Navarro, 1984, p. 371). O *Aulete digital* dá, para "paracatu", o significado *de* jasmim-do-mato. Com sonoridade muito próxima, temos a palavra "paraguaçu/paraguassu" que manifesta o fenômeno que Guimarães Rosa nomeia como "aliteração, que joga, inconscientemente, o leitor para diante, para o mistério" (Rosa citado por Verlangieri, 1993, p. 100). Segundo o *Dicionário de Tupi (antigo) português*, "paraguaçu" é um substantivo e significa "caudal grande. Em guarani é mar-alto". Luiz Caldas Tibiriçá (1984), no *Dicionário tupi-português*, registra oscilações fonéticas e gráficas do termo e aponta para quatro significados possíveis: 1. "grande coroa de penas usada pelos morubixabas"; 2. "macaco" (com as variantes "parauassu e parauacu"); 3. "mar grosso, rio profundo"; 4. "nome da filha do chefe tupinambá da Bahia, que se tornou esposa de Diogo Álvares, o Caramuru..." (Tibiriçá, 1984, p. 153). O *Aulete digital*, no verbete "Paraguaçu", remete o leitor para "parauaçu" com a seguinte informação: "s. m. || (Bras., Amazonas) espécie de macaco, de pelo crespo e pardo (*Pithecia monachus, Humb.*). Também lhe chamam macaco-cabeludo, paraguaçu. || V. uapuçá". O termo, ligado aos catrumanos no *GSV*, localiza-se em: "O senhor estando lembrado: aqueles cinco, soturnos homens, catrumanos também, dos Gerais, cabras do Alto-Urucúia. Os primeiros que com Zé Bebelo tinham vindo surgidos, e que com ele desceram o Rio Paracatu, numa balsa de talos de buriti" (Rosa, 2009b, p. 323).

10 Cf. Pivetta, 2020: "Na classificação tradicional, os primatas formam uma ordem, nível taxonômico que pode englobar inúmeras subdivisões, como subordem, superfamília, família, subfamília, tribo, gênero e espécie. Dessa ordem, fazem parte, *grosso*

modo, lêmures, lórises, társios, macacos e o homem moderno. No PhyloCode, os primatas formam um clado, assim definido: o mais recente ancestral comum das espécies *Lemur catta* (Lêmure-de-cauda-anelada), *Loris tardigradus* (lóris-delgado--vermelho), *Tarsius tarsier* (társio) e *Homo sapiens* (homem moderno) e todos os seus descendentes. Na prática, as formas de vida que pertencem à ordem dos primatas, no contexto da taxonomia tradicional, e ao clado dos primatas, sob a ótica do PhyloCode, são essencialmente as mesmas. Isso ocorre porque o clado dos primatas foi definido a partir das relações de ancestralidade de representantes dos quatro principais grupos tradicionalmente abrigados na ordem dos primatas (um lêmure, um lóris, um társio e o homem moderno)".

11 Cf. Seligmann; Edwards; Catesby, 1764. Cf. igualmente: Taxonomy of lemurs, disponível em: https://en.wikipedia.org/wiki/Taxonomy_of_lemurs.

12 Do *Aulete digital*: "abantesma (a.ban.tes.ma) s2g. 1. Imagem fantasmagórica, sobrenatural; assombração, espectro 2. Fig. Pessoa que causa má impressão pelo aspecto estranho ou que provoca respulsa [F.: Do gr. *phántasma*, atos. Var.: avantesma]".

13 "*Lémures ou fantômes* (lat. *lemures* et *larvae*): (...) les plus terribles étant les morts jeunes, dont on pensait qu'ils avaient gardé de la rancune. Ovide décrit le rituel que, de son temps, chaque maître de maison observait en privé. Pour exorciser les fantômes il se levait à minuit et marchait pieds nus dans la maison tout en jetant neuf haricots noirs destinés à nourrir les fantômes, en guise de rançon pour les membres vivants de la famille que les fantômes, auraient autrement enlevés. (...) Après avoir accomplir d'autres rites, il parvenait éloigner les fantômes (...). À cette fête s'opposent les Parentalia, où les esprits sont ceux des parents proches, considérés comme bienveillants".

14 "The reason for this confusion was largely the fact that the different notions of *Lemures*, *Larvae* and *Manes* were confusingly similar. In exact usage, the ordinary word for "ghost" in the sense of terrifying spooks was larvae, which was considered to be a synonym of the antiquated lemures. If, however, one referred to the ghosts as the venerable souls of the past, *manes* was the correct word to use. Besides this, the difference between *Larvae* (*Lemures*) and *Manes* was local. While *Manes* were the ghosts of the underworld, *Larvae* (*Lemures*) belonged to the upper world; this explains why *Larvae* figure conspicuously in Plautan daily life and *Manes* are absent there". Cf. ainda Plauto, Aulularia, v. 642; Menecmos, v. 890; Mercator, v. 981, v. 983.

15 Exemplos: Ovídio, *Fastos*, 2, v. 609; 4, v. 949; Ovídio, *Metamorfoses*, 9, v. 406; 15, v. 864, entre outros. Cícero, *Sobre as leis*, 2. 9. 22: *deorum manium iura sacra sunto* (em

tradução de Amaro e Miotti: "Sejam sagrados os direitos dos deuses Manes"); Virgílio, *Geórgicas*, 1, v. 243, *Eneida*, 3, v. 565; 6, v. 743; 10, v. 39; 11, v. 181; Cícero, *Contra Pisão*; Horácio, *Epodo*, 5. v. 92, entre outros.

16 Itália central, antiga Tirrênia, região que abrange, hoje, a Toscana, o Lácio e a Úmbria.

17 "*Manes*, Roman spirits of the dead; probably a euphemism from old Latin *manus* ('good'). The singular did not exist (...). Originally, the dead were undifferentiated, with a collectivity expressed as *di manes*; (...) they were collectively worshipped at three festivals (*Feralia*, *Parentalia*, *Lemuria*), individually on the dead person's birthday".

18 "Roman gods were invariably eternal. This explains why any Roman god, even the antiquated and forgotten ones, could be invoked at any times. Temporality was therefore an indispensable constituent concept of the concept of divinity. But 'eternity' was too unspecific a concept to be of any practical consequence in cultic terms. Therefore, it was narrowed down. The outcome was a series of occasions, i.e. temporal foci, on which the relevant deities were expected to be present and particularly benevolent. This cycle of temporal foci of Roman deities was recorded in the pontifical calendar".

19 "But more prevalent in these texts are ideas about the survival of the spirits (*Manes*) of the dead who were powerful and divine subjects of propitiation, as witnessed by the frequent opening invocation 'to the spirits of the dead' (*Dis Manibus*), or about the rebirth of mortal remains mixed with the earth as flowers, or about the reunion of surviving children, husbands, wives, and friends with their loved ones. The dead were generally thought to continue to reside either in the tomb itself, hence the occasional reference to the tomb as one's eternal home (*domus aeterna*), or they were believed to live on near the grave. Not only the remains of food offerings placed in the tomb with the dead have survived in Roman cemeteries, particularly in the northern Gaulish and Germanic regions, but also pipes and tubes into which liquid offerings to the dead could be poured. The dead could thus be kept 'alive' and nourished".

20 Expressão que, levando em consideração o triste estado de ser (ou de deixar de ser) dos catrumanos em *GSV*, pode penetrar nos ouvidos também como "ouço e queixo", sobretudo se temos em mente o apagamento do /s/ pós-vocálico em final de sílaba, frequente no dialeto caipira.

21 "From the reign of Augustus occasionally, and from middle of the first century AD much more commonly, the epitaph is prefaced by an invocation 'to the spirits of the dead' (the *Manes*), written as *Dis Manibus*, and later abbreviated to D M. (...) A tomb dating to AD 165 in Rome has an inscription introduced by *D M et somno aeternali*,

securitati memoriaeque perpetuae (eternal sleep, security, and perpetual memory). A variety of expressions, usually at the end of the epitaph, is used to indicate what kind of interment was made. These include so-and-so 'lies here' (hic cubat or hic situs est...), or 'is buried here' (hic est sepultus), or 'rests here' (*hic adquiescit*). The bones of an individual can 'lie concealed' (*ossa inlata*), or 'lie here' (*ossa hic cubant*), or 'are situated here' (*ossa condita*), whereby the bones, at least until the early second century ad, normally were cremated, and were therefore really just ashes. A body can be 'placed' (*corpus positum*) or be 'cremated' (*corpus crematum est*)."

22 "Unfortunately, scholars have traditionally resisted the idea that differing Roman ideas about the Lemuria could simply coexist in a cluster and have instead attempted to find arguments by which one could reconcile Ovid's account of the festival with the other texts (...). This normally involves an attempt to assert a definition that distinguishes unambiguously between manes and lemures, but the attempt to reconcile such definitions with Ovid is often a problem."

23 Note-se este detalhe obscuro, larval e lemúrico no trecho da carta: a expressão sugerida para tradução de quiriri: "ALARMLESS = sem alarmes". Ela evoca uma poesia escrita em língua espanhola – língua de uso de Onís – por João da Cruz quando o carmelita se encontrava na prisão. Trata-se da estrofe 15 do "Cântico espiritual" com realce para as expressões "la música callada", "la soledad sonora", que em francês seriam "solitude sonore" e "mélodie silencieuse". O contexto em "O duelo", conto em que ocorre a inusitada palavra índia, é análogo ao do "Cântico espiritual" joanino: um contexto de busca, de caça. O sentimento que move a perseguição, contudo, é delineado pelo avesso de um para o outro. A evocação sugerida por Rosa – que leu efetivamente o místico cristão (a biblioteca guardada no Instituto de Estudos Brasileiros da Universidade de São Paulo e os escólios dele próprio nas obras comprovam) –, "resonant silence", parece-nos surgir como um fantasma assustador do religioso. É preciso, entretanto, ter sempre em mente que os lêmures são vozes de mortos nunca completamente apreendidas. São sombras ancestrais vivas que assomam na leitura ou escuta do texto.

24 Expressão de Rosa em *GSV* (2009b, p. 376).

25 Expressão de Rosa em "Umas formas" (2009b, p. 679).

Verbetes

Abreviaturas

a./adj. adjetivo
antr. antropônimo
arc. arcaico
bras. brasileirismo
c. cerca de
carp. carpintaria
chul. chulo
der./deriv. derivação
dev. deverbal
esp. espanhol
expr. expressão
ext. extensão de sentido
f. formação ou étimo
fam. família
ficciôn. ficciônimo
fig. figurado
fil. filosofia
ger. geralmente
gr. grego
it. italiano
lat. latim
m. mesmo
MG Minas Gerais
N. Norte do Brasil
N.E. Nordeste do Brasil
náut. Náutico
onom. onomatopeia
or. origem
ornit. ornitologia
p. us. pouco usado
pal. palavra
pl. plural
pop. popular
port. português
posv. possivelmente
prep. preposição
prov. provável
prov. trasm. provincianismo transmontano
ref. referente
rel. religião
RJ Rio de Janeiro
s. substantivo
s.f. substantivo feminino
s.m. substantivo masculino
s2g. substantivo de dois gêneros
tb. também
us. usado
v. intr. verbo intransitivo
v. pr. verbo pronominal
v.t./v.tr. verbo transitivo
voc. vocábulo

A

A NEGA, A NEGO, ANNEGA (it.) – Em *GSV*, Riobaldo narra o encontro com um lazarento em meio à escuridão da mata e descreve sua percepção de que Diadorim estava prestes a encontrá-los, bem no momento em que ele apontava o revólver para a cabeça do leproso. A imaginação, então, o faz estremecer ao imaginar a conversa com o companheiro: "Estou aqui, te vejo é você mesmo, Riobaldo..." – ele ia dizer – "... Riobaldo, tem tento!". E então surge logo depois o medo de que viesse a temerosa acusação: "– Tu traz o Arrenegado...". Estaria ele frente a frente às malícias da tentação? De imediato, Riobaldo vira as rédeas e galopa avante. Espia ao redor e não encontra o demo, mas a sensação permanece dentro dele, como uma coceira enorme no espírito, um vapor maligno que, apossando-se de seu interior, o impossibilitava de respirar. Podemos observar o trecho: "E Diadorim tropeava chegando. Mas eu virei rédea e roseteei, com brado, meu animal cumprindo: rompemos em galope que era um abismo... – Eh, diôgo! dianho!... Eh diôgo, eh dião... Retos, fomos, desabalando, que um quarto-de-légua quase, por doidejo. Nós três? Que eu pensei. E esbarrei, por tanto; meu cavalo sacudiu o pescoço todo. Espiei em roda, até com a mão. Não vi o demo... Meu espírito era uma coceira enorme. Como eu ia poder contra esse vapor de mal, que parecia entrado dentro de mim, pesando em meu estômago e apertando minha largura de respirar? Aí eu carecia de negar pouso a ele. A nega [abjuro?]. Eu quis! Eu quis? Como olhei, Diadorim estava acolá, estacado parado no lugar, perto da árvore do homem" (Rosa, 2009b, p. 321). Os lêmures são muitos. A expressão pode remeter a um arcaísmo, "nega = nego", conjunção adversativa "senão"; ao uso arcaico do verbo "negar" com os sentidos de "esquecer", "recusar" e "arrenegar, abjurar" (cf. Vieira, 1873, v. 4, p. 415-417). O *Dicionário Houaiss* registra, para o termo, os significados de "negação", "falta de aptidão", "fracasso", "limite de penetração de uma estaca de fundação". A expressão "a nega" ocorre ainda em uma situação cuja leitura nos permite, igualmente, evocar tanto o verbo português "anegar", que significa "alagar, inundar", quanto o verbo italiano *annegare*, "afogar". Assim, tem-se presente a sensação que fora então experienciada por Riobaldo e que precisava ser negada, recusada, apagada, obscurecida por ele, naquele momento, a qual o preenchia e inundava seu espírito. O *Novo Dicionário Aurélio* pode agregar sentidos à passagem. No dicionário, temos ainda os significados de "contestar", "vedar", "ocultar" (cf. Holanda, 1975, p. 967).

ABRAÇADOS – Presente no conto "Luas-de-mel", de *Primeiras estórias*, o vocábulo ocorre quando o amor entre o casal, que já é um tanto maduro, ressurge. A demonstração de carinho por meio do abraço simboliza o laço que se reata entre marido e mulher. A expressão vem, no original, grifada, chamando a atenção do leitor. Fato é que o termo "abraçados" apresenta um traço de sonoridade que vai além da descrição de um gesto. O vocábulo é grafado com cedilha, diacrítico que, acrescido à letra "c", indica que ela tem som de "s" duplo; no entanto, se vozearmos o fonema /ss/ em /z/, forma-se nova palavra, igualmente pertinente ao contexto. O casal, naquele momento, encontra-se, além de "abraçado", "abrasado", com um fogo invisível que arde como brasa. É a sonoridade da paixão que se reacende. "Eu, feliz, olhei minha Sa-Maria Andreza; fogo de amor, verbigrácia [cf. **VERBI GRATIA**]. Mão na mão, eu lhe dizendo – na outra o rifle empunhado – : – '*Vamos dormir abraçados...* [abrasados...]'" (Rosa, 2009b, p. 474).

AI DE – Esse lêmure foi, igualmente, como o do verbete anterior, encontrado no conto "Luas-de-mel", de *Primeiras estórias*, na seguinte passagem: "Olhei minha Sa-Maria Andreza, que me olhava. Ai-de. Enquanto nada. Lá se foram o Baldualdo e o Bibião, também, consoantes. Seo Seotaziano estando servido, e meus deveres concordados. Meu capataz, o José Satisfeito, meio mole fechava a porteira. Aquelas luas-de-mel, tão poucas, assim em assopro de gaita" (Rosa, 2009b, p. 475). O contexto, com tantos olhares descritos, com os nomes polissêmicos de personagens – Baldualdo, possivelmente de Ubaldo, audacioso e/ou baldo, vazio, vão; Bibião, mesmo que Viviano, vivo, vivaz; Satisfeito, "meio mole" – e ausências, "Enquanto nada", é marcadamente erotizado, suspiroso e apetitoso, o que justifica a expressão focalizada. No *Dicionário Priberam da língua portuguesa*, tal expressão é encontrada com os seguintes significados: "Usa-se para exprimir dor, infortúnio (ex.: ai de nós, quem nos ajudará?)"; "Usa-se para exprimir uma ameaça implícita (ex.: ai de quem se atreva a perturbar o silêncio; ai de vocês se chegarem atrasados)". No francês, *aide* é um substantivo feminino que significa "ajuda" (Larousse, 2008, p. 9). No *Dicionário Houaiss*, a expressão *aide-mémoire* é encontrada com o sentido de "tudo o que serve para ajudar a memória (lembretes, associações evocativas etc.); pró-memória". Assim, nas circunstâncias em que o conto se passa, o casal de idosos rememora – com saudosismo, "ai-de nós!", e, ao mesmo tempo, com esperança ("*aide-mémoire*!"), ao cogitar a possibilidade de ter novamente uma relação carnal – sua própria lua de mel. Podemos pensar não somente na evocação e no desejo do passado de volta, como também na frustração de não conseguir mais se unir fisicamente em um ato sexual, o que parece justificar uma manifestação de tristeza pela interjeição "ai" atrelada à preposição "de". A língua grega traz uma contribuição interessante para o termo, se o lemos como "Haydée", nome de mulher; que, por sua vez, é oriundo do grego αἰδώς, temor respeitoso, respeito, deferência, sentimento de honra, brio (cf. Dezotti; Malhadas; Neves, 2022, p. 20; Guérios, 1973, p. 124). O latim agrega o movimento de cima para baixo com a preposição "de", que, a rigor, significa um movimento de cima para baixo (Martins, 2008, p. 98) e que favorece a leitura, na perspectiva plástica e erótica e do ponto de vista de Joaquim Norberto, de que o ato poderia não ser concretizado. A expressão, neste caso, pode remeter o leitor para uma outra, "ai de mim", com o "apagamento", a "anulação", daquele que fala.

APALAÇADA – A expressão "apalaçada" aparece no conto "Os chapéus transeuntes", de *Estas estórias*. Nilce Sant'Anna Martins registra o vocábulo "apalaço", utilizado em *Tutaméia*: "Aparência de palácio. //

Dev. De *apalaçar*, 'dar forma ou aparência de palácio a'. A construção usada substitui o adj. *apalaçado*" (Martins, 2001, p. 35). No conto "Os chapéus transeuntes", este sentido se confirma: a casa onde moram Vovô Barão e Vovó Olegária é descrita como um casarão, similar a um palácio. Porém, uma pequena variação na articulação da aproximante lateral /l/ permite evocar também o lêmure "à palhaçada", a partir do processo de palatalização em /ʎ/. A casa onde morava o baldado casal tornara-se, com o tempo, um reflexo daquilo que acontecia por detrás das janelas betumadas: o Vovô e a Vovó já não se falavam mais há tempos e, quando necessário, dirigiam-se um ao outro por meio dos retratos na sala. A própria casa havia sido dividida pela metade para que o contato diário entre os dois fosse evitado. Uma cena quase cômica, burlesca, uma palhaçada. "Sombrio condizia com a meia-fachada da casa apalaçada [à palhaçada] – a metade desta casa, por irrisório feito dividida da outra metade – e de janelas betumadas tão espaventosamente. Saberia e guardava consigo os somenos segredos do fecundo mas baldado [cf. **RIOBALDO**] casal – Vovô Barão, morimbundo [cf. **MORIMBUNDO**], e Vovó Olegária, falecida" (Rosa, 2009b, p. 729). Vale destacar ainda o termo "irrisório", do qual é possível, também, a leitura de que a casa foi dividida para provocar irrisão, riso.

APERCEIO – O termo é utilizado pelo narrador indígena de "Meu tio o Iauaretê", de *Estas estórias*. Faz referência, no conto, à cachaça que o interlocutor oferece e o indígena "aprecia". Na língua padrão culta, a forma "aperceio" é um metaplasmo do verbo "apreciar", mas, na pena de Rosa, é polissêmica: pode ser um lêmure de *parcir* de um espanhol já em desuso, variante de *perdonar*. Assim, no contexto do conto, duas leituras são possíveis: "Bom. Bonito. A-hã! Essa sua cachaça de mecê é muito boa. Queria uma medida-de-litro dela... Ah, munhãmunhã: bobagem. Tou falando bobagem, munhamunhando. Tou às boas. Apê! Mecê é um homem bonito, tão rico. Nhem? Nhor não. Às vezes. Aperceio [*perdón*]. Quage nunca" (Rosa, 2009b, p. 803). Doutra forma, utilizando o mesmo vocabulário do conto, podemos ler, a partir do termo “aperceio”, Ape! R[e]ceio!, ou ainda: Ape! R... ceio/ r... seio/ r... cio ou também “apercebo”.

APRESTADO – O vocábulo aparece no conto “Luas-de-mel”, em *Primeiras estórias*, e se refere ao padre moço que foi celebrar um matrimônio na fazenda Santa-Cruz-da-Onça. Nilce Sant’Anna Martins registra a forma “apresso”: “Aperto, opressão. // Dev. de *apressar*. Arc.” (Martins, 2001, p. 38). O significado se encaixa bem na narrativa, pois a situação é inusitada. Trata-se de um enlace entre jovens fugidos, já que a família da noiva era contrária à união. A forma “aprestado” – cujo significado remete a alguém que está preparado, pronto para realizar alguma coisa – recupera ecos da língua italiana com o termo *presto* e confunde-se na sonoridade do português com o termo “apressado”, o que traz uma outra tonalidade à forma como se dá o casamento. Eis o trecho: “O padre, moço, espingarda às costas? Armado de ponto em branco; rifle curto. Se apeou, tudo abençoou, aprestado [preparado; aparelhado; apressado; apresado] para o casamentício, que se ia ter: bodas em casa” (Rosa, 2009b, p. 472-473). O padre se apresenta para a celebração armado de rifle curto, temendo um eventual ataque da família da noiva. A mesma sensação de pressa, inclusive, é compartilhada pelo jovem casal apaixonado, que, segundo Guimarães Rosa, “impava” pela união. A conotação sexual para o termo rifle – e arma – não é desprezível. Nesse sentido, o termo “aprestado” pode reverberar igualmente o sentido “apresado”, tomado como presa ou reprimido, preso com presilha. O “rifle curto” conjugado com o verbo “impar” (ficar abarrotado), aplicado ao casal apaixonado, tampouco é irrelevante. Associe-se a isso a semelhança sonora de “impar” com “riflar” (3ª pessoa do presente do subjuntivo = “rifle”), vocábulo que, segundo o *Dicionário Priberam da língua portuguesa*, significa “relinchar”, soltar a voz como um burro ou cavalo.

ARMA – Termo utilizado inúmeras vezes na obra do autor mineiro. Palavra de pronúncia flutuante em todo o Brasil, seja pela pronúncia consonantal, seja pela vocalizada. O arquifonema /R/ no português mineiro e de proximidades costuma ser executado com variedades fonéticas. Dependendo da região, ele pode ser retroflexo (R caipira = ɹ), fricativo (velar não vozeado ou vozeado) ou em metaplasmo por lambdacismo. Isto significa que a palavra "arma" pode soar de modo variado e livre, por exemplo, aɹma, aʊma, aλma. Nesses casos, na frase "Você faz mal, de andar assim desarmado de arma!" [cf. **FIANDO**] (Rosa, 2009a, p. 23), registrada em "Burrinho pedrês", na obra *Sagarana*, lêmures interessantes podem surgir: 1. Você faz mal, de andar assim desarmado [desalmado] de arma; 2. Você faz mal, de andar assim desarmado de arma [alma]; 3. Você faz mal, de andar assim desarmado [desalmado] de arma [alma]. O mesmo ocorre em frases do tipo: "Quando escureceu de todo, ele saiu da toca, se esgueirando, de arma [alma] lesta", registrada em "Duelo", em *Sagarana* (Rosa, 2009a, p. 117); ou do tipo: "O Hermógenes me resignou os ímpetos: – 'Tatarana, te trava, não dá de esquentar arma [alma], gasta munição não. Só os tiros bons poucos. Só cobrar o dizmo' [diz-mo; agreguem-se também os significados de 'dízimo' = 'tributo', 'décima parte', ou seja, Tatarana, só os poucos tiros, a décima parte deles; ou cobrar só o 'diz-me' cá o que houve...]. Aquele homem fazia frio, feito caramujo de sombra. A ver que tive sede, mas minha cabaça não dava gota mais. Guardei meu cuspe", presente em *GSV* (Rosa, 2009b, p. 139); ou ainda: "Meus peitos batendo tresdobro forte, eu dividido naquela alarida. A grave escorei meu rifle, limpo, arma [alma] minha, amásia", registrada em *GSV* (Rosa, 2009b, p. 212). A palavra, no conjunto "Diadorim! Embolsei a arma [a... l... arma = alarma], sem razão. Diadorim me perseguia?" (Rosa, 2009b, p. 321), se transforma mais uma vez.

ASSOBRADADA – O termo é utilizado pelo narrador no conto "Nada e a nossa condição", em *Primeiras estórias*. A palavra "assobradada" pode ser lida e compreendida como uma derivação ou justaposição de -sobral. Contudo, no contexto em que é colocada na narrativa, o conjunto sonoro do vocábulo remete o leitor a variadas polifonias. Podemos pensar que seja uma moradia "assombrada" pelas pessoas e pelo modo de vida dos que viviam na fazenda, ou "a sobra dada", reforçada pelo trecho "tivera-a menos por herança que por compra", e "assombreada", visto que o trecho se refere à casa de Tio Man'Antônio, donde "dobrava-se na montanha, em muito erguido ponto e de onde o ar num máximo raio se afinava". E, por último, "à sombra d'água". A seguir, o trecho: "À que – assobradada [assombrada; a sobra dada; a só bradada; assombreada; à sombra d'água], alicerçava fundo, de tetos altos, longa e com quantos sem uso corredores e quartos, cheirando a fruta, flor, couro, madeiras, fubá fresco e excremento de vaca – fazia face para o norte, entre o quintal de limoeiros e os currais, que eram um ornato" (Rosa, 2009b, p. 452) [cf. **APALAÇADA**].

ASSUNGADOS – O termo é utilizado pelo narrador no conto "Pirlimpsiquice", na obra *Primeiras estórias*. A palavra "assungado" vem do verbo "assungar", com variante "sungar", com o sentido de "levantar; colocar alguma coisa em local mais alto; levantar o cós da calça ou obstruir a saída do muco do nariz", de acordo com o *Dicionário Michaelis*. Em paralelo, está também o verbo "fungar". O *Dicionário de termos e expressões populares*, de Tomé Cabral, registra para "assungar" o sentido de "montar-se, trepar-se". *O léxico de Guimarães Rosa*, de Nilce Sant'Anna Martins, cita o termo a partir do conto mencionado e destaca seu sentido figurado: "suspenso, com o espírito levantado, atento". Não obstante, recuperando a tradição clássica que Rosa assume em sua obra geral, dela se apropriando com requintes antropofágicos, notamos a possibilidade de geração de diversos metaplasmos no termo escolhido. Nesse aspecto, não se limita ao verbo "assungar" no particípio; ele nos transporta para outro sentido abstrato, isto é, o que equivale a "assuntados", pensativos ou mancomunados. Podemos, ainda, extrair de "assungados", se lermos o *cluster* "-ng" como no francês, com som de "-nh", gerando o metaplasmo por dissimilação "assunhados" para chegar em "assanhados". Assim, temos: "Eu via os do público assungados [suspensos, montando-se, arrepiados > assanhados], gostando, só no silêncio completo. Eu via – que a gente era outros – cada um de nós, transformado (...)" (Rosa, 2009b, p. 431).

AVOANTE – O termo é utilizado no conto "Um moço muito branco", de *Primeiras estórias*. A palavra é um substantivo feminino que denomina uma "espécie de pomba campestre", de hábito migratório, encontrada em toda a América do Sul abaixo do Equador. O trecho no qual a palavra está inserida é a descrição de uma afiguração "do preto José Kakende, que na mesma ocasião se lhe acercou, com altas e despauteradas falas, por impor sua visão da beira do rio: ... o rojo de vento e grandeza de nuvem, em resplendor, e nela, entre fogo, se movendo uma artimanha amarelo-escura, avoante trem, chato e redondo, com redoma de vidro sobreposta" (Rosa, 2009b, p. 467). Nesse sentido, o vocábulo se encaixa no significado que encontramos em *Universo e vocabulário do Grande sertão*, de Nei Leandro de Castro, "avoável", sugerindo um José Kakende delirante. Embora a menção à pomba – como coisa (trem) que avoa no céu – também se encaixe no contexto do conto, percebemos que o vocábulo possui outros "espectros", se levarmos em conta a aliteração em fricativas da frase (/f/, /v/, /s/, /z/, /x/, /j/) a perturbar a audição e a provocar sons ilusórios de, por exemplo, "avante" ou, mais pertinente ao movimento no relato, "vazante", visto que se trata de um "rojo de vento". Por outro lado, separando-a em sílabas, temos "-avo" e "-ante", que podem sugerir avoar ante o "trem"; ou -avo como dialogismo [ave- avv] + ante, ou seja, se movendo uma artimanha amarelo-escura, av- ante o trem. Por último, se pensarmos em um palíndromo, temos: ENTOAVA AVOANTE. Historicamente não se deve esquecer que o nome Kakende está ligado ao famoso Chafariz do Kaquende, construído em 1950 por João Duarte e José de Souza. Trata-se de um dos chafarizes mais conhecidos de Sabará e é, desde 1957, responsável por abastecer a cidade; ele traz "voando" água pura que vem de uma nascente do Morro de São Francisco.

B

BAÇOSOS – "Mas eu não tinha raiva desse seô Habão, juro ao senhor, que ele não era antipático. Eu tinha era um começo de certo desgosto, que seria meditável. – 'Para o ano, se Deus quiser, boto grandes roças no Valado e aqui... O feijão, milho, muito arroz...' Ele repisava, que o que se podia estender em lavoura, lá, era um desadoro. E espiou para mim, com aqueles olhos baçosos – aí eu entendi a gana dele: que nós, Zé Bebelo, eu, Diadorim, e todos os companheiros, que a gente pudesse dar os braços, para capinar e roçar, e colher, feito jornaleiros dele. Até enjoei" (Rosa, 2009b, p. 270). Tanto o *Universo e vocabulário do Grande sertão*, de Nei Leandro de Castro (1982), quanto *O léxico de Guimarães Rosa*, de Nilce Sant'Anna Martins (2001), contemplam este termo. Castro e Martins indicam o significado "sem brilho". O trecho – dentro do campo semântico nele constituído – possibilita duas leituras contíguas e simultâneas a partir do significado de "embaçado, sem brilho" e a partir de "ficar baço, desconfiar" (Vieira, 1871, p. 701). Uma é relacionada a cor dos olhos; outra, por causa da palavra "gana", sugere ver nos olhos não a cor, mas o desejo e o sentimento. Do *Aulete digital*: "víscera localizada acima do rim esquerdo e atrás do estômago. (...)O baço fica no lado esquerdo do abdome, tem forma oval e mede c. 10cm x 12cm. Tem como principal função a defesa do organismo contra partículas estranhas e infecções [F.: De or. incerta, talvez do gr. *hepátion* [fígado], pelo lat. *hepatia*...]. (...) 1. Que perdeu o brilho (espelho baço); EMBACIADO; 2. Que tem pele morena; TRIGUEIRO [F.: Do lat. *badius*, a, um, 'baio', 'castanho', 'avermelhado', posv.]". Assim, teríamos: olhou com aqueles olhos trigueiros, escuros, sombrios, desconfiados. Todavia, insere-se no contexto o termo "desadoro" que elucida o que vem a ser a "gana" dos olhos de Habão: ganância por mais trabalhadores; seus olhos mostravam o desadoro (desalento, desespero, faina) por quem trabalha na lavoura em troca de diárias.

BACURAU – Palavra sem grande assombramento, é registrada no léxico de Nilce Sant'Anna Martins simplesmente como "ave noturna com plumagem mole" (Martins, 2001, p. 60), é um dos lêmures fecundos que ocorrem no *GSV*. Martins cita a ocorrência do termo na seguinte passagem: "Nem o Garanço também, nem o Montesclarense. Isso, em meu sentir, eu a eles agradecia. Quem vai morrer e matar, pode ter conversa? Só esses pássaros de pena mole, gerados da noite – tantos bacuraus insensatos: o sebastião que chamava a fêmea, com grandes risadas, pedindo tabaco-bom. Digo ao senhor o que eu ia pensando: em nada. Só esforçava tenção numa coisa: que era que devia de guardar tenência simples e constância miúda, esperando a novidade de cada momento" (Rosa, 2009b, p. 133). Mas há uma outra, longamente discutida por Barbosa (2022b, p. 161-175), que citamos também: "Do que hoje sei, tiro passadas valias? Eh – fome de bacurau é noitezinha... Porque: o tesouro do velho era minha razão" (Rosa, 2009b, p. 339). De fato, o termo significa "ave noturna com plumagem mole", mas não se restringe a isso: também é, segundo o *Aulete digital*, "indivíduo que costuma sair somente à noite"; "cova de carvão vegetal formada pelos atiços de outra"; "pessoa negra". Téo Azevedo e Assis Ângelo (1996, p. 33) indicam outro significado, além de pássaro: "gente feia". Ora, pelo menos três destes significados são, plausivelmente, aplicáveis aos contextos referidos.

BANDA – Trata-se de um termo que ocorre em "Os cimos", de *Primeiras estórias*, no seguinte contexto: "O tucano parava, ouvindo outros pássaros – quem sabe, seus filhotes – da banda da mata. O grande bico para cima, desferia, por sua vez, às uma ou duas, aquele grito meio ferrugento dos tucanos: – 'Crrée!'... O Menino estando nos começos de chorar. Enquanto isso, cantavam os galos. O Menino se lembrava sem lembrança nenhuma. Molhou todas as pestanas" (Rosa, 2009b, p. 517). As linhas anteriores à ocorrência do vocábulo falam do tucano e, no trecho citado, orquestra-se um léxico sonoro considerável que permite lermos a palavra "banda" em sentidos duplos, como se ocorressem aparições simultâneas de "banda" no sentido de "lado, parte lateral de algum lugar" ou "grupo, turma, banda" no sentido de "conjunto musical". Além do lêmure lexical, o trecho revela a "aparição" de duas sintaxes: "O tucano parava, ouvindo outros pássaros da banda da mata" e "O tucano parava, ouvindo da banda da mata outros pássaros".

BÉCAM – 3ª pessoa do plural do verbo "abecar" em metaplasmo (aférese). O termo ocorre em *GSV* e significa, de acordo com o *Aulete digital*, "agarrar pela gola"; no trecho em que a ocorrência é observada, temos a descrição do medo de Riobaldo na travessia do rio, e o termo pode sugerir, igualmente, o sentido de "colocar no beco sem saída" ou "bicar/picar" por metaplasmo. Beca é também "roupa elegante" e, na região da Bahia, "bodoque"; no tupi antigo, "importuno" (Tibiriçá, 1984, p. 72). O trecho em destaque é: "Apertei os dedos no pau da canoa. Não me lembrei do Caboclo-d'Água,[1] não me lembrei do perigo que é

1 Cf. Cascudo, 2012, p. 88-89: "Caboclo-d'água. Criatura fantástica que vive no rio São Francisco. Favorece tudo aos amigos, a quem ele chama de compadres do Caboclo--d'água, e persegue ferozmente os pescadores e barranqueiros com quem antipatiza, virando canoas, erguendo ondas, derrubando as barreiras, afugentando pescarias. Mora nas ribanceiras mais profundas, ermas e sossegadas. Seu corpo, com as proporções de um gigante descomunal, é visto ao luar. Caminhando por alvas e prateadas coroas: semelha-se a uma casa grande em movimento. Sua cabeça é disforme e tem a configuração de um rodeio de carro de bois; quando parada à tona da água, ou dela surgindo inesperadamente, espia o canoeiro ou viandante descuidado para o engolir. O tipo do Caboclo-d'água que recolhe maior número de depoimentos é o seguinte: baixo, grosso, musculoso, cor de cobre, rápido nos movimentos e sempre enfezado. Por uma convergência do mito do Curupira-Caapora, os barqueiros do São Francisco oferecem fumo ao Caboclo-d'água. Entre outros, um elemento evidencia a reunião de atos supersticiosos no mesmo tipo fluvial. Crendices negras, indígenas, europeias sobrevivem no Caboclo-d'água, interdependentes e equilibradas. Quem viaja para longe, sozinho, e tem de arrostar temerosas travessias finca sua faca no fundo da canoa, e o monstro, que isso adivinha, de forma alguma acomete o transeunte, limitando-se, quando muito, a segui-lo a grande distância. O Caboclo-d'água também é chamado

a 'onça-d'água', se diz – a ariranha – essas desmergulham, em bando, e bécam [agarram; agridem; importunam; atingem] a gente: rodeando e então fazendo a canoa virar, de estudo. Não pensei nada. Eu tinha o medo imediato" (Rosa, 2009b, p. 70). Ecoam ainda os sentidos associados sonoramente de "bicam, abicam", sobrepostos à noção de becas (pois a ariranha é um animal de corpo longilíneo, com cauda achatada, de pele com coloração marrom escuro aveludado, que, vista ao longe, parece estar de beca) ou em associação à língua inglesa, *back*, "vêm atrás".

BREVE – "Por breve – pensei – era que eu me despedia daquela abençoada fazenda Santa Catarina, excelentes produções. Não que eu acendesse em mim ambição de têres e havêres; queria era só mesma Otacília, minha vontade de amor. Mas, com um significado de paz, de amizade de todos, de sossegadas boas regras, eu pensava: nas rezas, nas roupagens, na festa, na mesa grande com comedorias e doces; e, no meio do solene, o sôr Amadeu, pai dela, que apartasse – destinado para nós dois – um buritizal em dote, conforme o uso dos antigos" (Rosa, 2009b, p. 129). Esse verbete se inicia com a expressão "por breve", que, por sua vez, gera uma sensação de inconclusão, em razão de ficarmos à espera do vocábulo "tempo, instante, minuto etc.", algo que poderia ser como "por breve tempo", sugere uma fantasmagoria sutil com um dos significados dicionarizados de "breve", a saber: "reza, bentinho, oração, escapulário". A mesma situação se repete em: "Devo, então, que perguntei por Diadorim. Puro por perguntar, sem esperanças de informação. E mesmo, más notícias eu ainda tinha o receio de ouvir. Serviço que me foi, o Paspe me respondeu: – Vi, esse por mim passou, até me deu um recado, uai!: e para você mesmo: '– Vai, diz por mim ao Riobaldo Tatarana: que eu tenho um que-fazer, ao que vou, por dias poucos, com breve estou de volta... –' foi o que falou" (Rosa, 2009b, p. 149).

Bicho-d'água, Rolão, Romão, Romãozinho, Moleque, Moleque-d'água, Caboclo, Negro-d'água. Ver Cobra-Norato".

C

CANHIM – Termo registrado por Martins (2001, p. 97) como "semelhante a cão; diabo"; diminutivo de cão; "endiabrado, mau, raivoso". O próprio Guimarães Rosa explica ao seu tradutor para o alemão, Meyer-Clason, que possui significado flutuante e de antanho, características que atribuímos aos lêmures. O termo ocorre em "A benfazeja", de *Primeiras estórias*: "Diziam que, em outro tempo, ao menos, entre eles teria havido alguma concubinagem. Cambonda? Vocês sabem que isso é falso; e como a gente gosta de aceitar essas simples, apaziguadoras suposições. Sabem que o cego Retrupé, canhim e discordioso, ela mesma o conduz, paciente, às mulheres, e espera-o cá fora, zela para que não o maltratem. Isto, porém, faz tempo. Hoje ele está envelhecido, virou em macilento, grisalho, as cãs assentam-lhe bem, quando o chapéu cai. Estes tempos, durante que deixamos de conhecê-los e averiguá-los. O cego Retrupé anda meio caído, amorviado, em escanifro e escanzelo" (Rosa, 2009b, p. 488). A Meyer-Clason, o mineiro escreve: "TEUFLISCH =: Não. (No original: 'canhim') Outro caso de polissemia. Canhim, de 'cainhar' – 'latir dolorosamente, o CÃO', e de 'cainho' = 'próprio de CÃO'. Mas também, lembra CAIM, irmão de Abel" (Meyer-Clason; Rosa, 2003, p. 345). Rosa rejeitou a proposta de Meyer-Clason, provavelmente por ser muito óbvia. De nossa parte, acrescentamos outra possibilidade advinda da frase: "O cego Retrupé anda meio caído", a saber, *canhi*...[ndo], gerúndio do verbo "cair" para os mineiros, que "comem" o final das palavras. A insistência com a raiz can-, de *cannis*, pelo menos na sonoridade se repete em "cãs", "escanifro" e "escanzelo". O cego Retrupé (retro-pé = tem os pés voltados para trás, como o curupira) é materialização de "canhim" (mau) e sem misericórdia (discordioso).

CELERADA – No conto "A benfazeja", de *Primeiras estórias*, esse termo é utilizado para caracterizar tanto o modo de vida de um homem conhecido pela crueldade de seus crimes como para enfatizar um aspecto peculiar da relação dele com a sua mulher: “O Mumbungo queria à sua mulher, a Mula-Marmela, e, contudo, incertamente, ela o amedrontava. Do temor que não se sabe. Talvez pressentisse que só ela seria capaz de destruí-lo, de cortar, com um ato de ‘não’, sua existência doidamente celerada [metaplasmo de acelerada?]. Talvez adivinhasse que em suas mãos, dela, estivesse já decretado e pronto o seu fim” (Rosa, 2009, p. 484). *O léxico de Guimarães Rosa*, de Nilce Sant’Anna Martins (2001), limita o sentido do vocábulo ao do advérbio “aceleradamente”. No contexto da narrativa em foco, carece observar que a existência de Mumbungo era reconhecidamente “criminosa” e, em seu modo perverso de atuar, ele não se contentava em matar suas vítimas, também lhes impunha aflições. Tal característica permite atribuir-lhe o adjetivo de “celerado”, apesar de conviver bem com a mulher, Mula-Marmela. A ela coube, enfim, “apressar”, de modo cruel, celerado e célere, o curso dos acontecimentos: tirou-lhe a vida, ação vista pela população local como benéfica.

CIUMOSO – O termo consta no conto “Partida do audaz navegante”, de *Primeiras estórias*. A palavra, de imediato, remete ao substantivo “ciúme”, e, de fato, “ciumoso” é um adjetivo e, simultaneamente, um substantivo masculino derivado de “ciúme”. O termo mais corrente é “ciumento”, todavia, a escolha rosiana permite a possibilidade de uma leitura aural se o ouvinte desmembrar o vocábulo: ci-u-moso [se, o moço], que alude a Zito; como também [sêo moço] para destacar a postura dele como único homem ali, “só primo”. Confira-se as possibilidades no trecho: “Ciganinha e Zito nem muito um do outro se aproximavam, antes paravam meio brigados, de da véspera, de uma briguinha grande e feia. Pele é que era a morena, com notáveis olhos. Ciganinha, a menina linda no mundo: retrato miúdo da Mamãe. Zito perpensava assuntos de não ousar dizer, coisas de ciumoso [se, o moço; seô moço], ele abrira-se à espécie de ciúmes sem motivo de quê ou quem” (Rosa, 2009b, p. 477). Ciumoso é facilmente associado à sonoridade do termo “cismoso”, um derivado de “cisma”, vocábulo polissêmico e ambivalente.

COMPESAR – No *GSV*, quando Riobaldo reflete acerca de seus dois amores, Diadorim (ainda Reinaldo) e Otacília, estabelecendo uma comparação entre um e outra em termos de pesos e contrapesos, temos: "Mas o mal de mim, doendo e vindo, é que eu tive de compesar [avaliar com a mão, considerar, distribuir, sopesar, compensar, com pesar], numa mão e noutra, amor com amor. Se pode? Vem horas, digo: se um aquele amor veio de Deus, como veio, então – o outro?... Todo tormento" (Rosa, 2009b, p. 92). Nilce Sant'Anna Martins, em *O léxico de Guimarães Rosa*, e Nei Leandro de Castro, em *Universo e vocabulário do Grande sertão*, registram o termo como "comparar o peso de dois amores", "pesar ao mesmo tempo": de um lado, o amor que vem da luz, o de Otacília: "ela eu conheci em conjuntos suaves, tudo dado e clareado, suspendendo, se diz: quando os anjos e o vôo em volta, quase, quase" (Rosa, 2009b, p. 92). De outro, o amor que é tormento, o de Reinaldo: "desde que ele apareceu, moço e igual, no portal da porta, eu não podia mais, por meu próprio querer, ir me separar da companhia dele, por lei nenhuma, podia? O que entendi em mim: direito como se, no reencontrando aquela hora aquele Menino-Moço, eu tivesse acertado de encontrar, para todo o sempre, as regências de uma alguma a minha família. Se sem peso e sem paz, sei, sim. Mas, assim, como sendo, o amor podia vir mandado do Dê?" (Rosa, 2009b, p. 92). "Todo amor não é uma espécie de comparação?" (Rosa, 2009b, p. 103), questiona Riobaldo. Esse sopesar, isto é, "avaliar, com a mão, o peso" de amores é feito por Riobaldo e suscita tristeza = com pesar, na medida em que vem "causar arrependimento, remorso": "Sei que tenho culpas em aberto" (Rosa, 2009b, p. 92), ele assume. É como se Riobaldo buscasse, de alguma forma, compensar um amor com outro amor, "reparar (um mal) com um bem correspondente" ou como se quisesse "com pensar", apenas em pensamento, resolver seus amores que, de fato, incluem experiências não vividas.

CONSUMIÇO – O vocábulo aparece no conto "Sorôco, sua mãe e sua filha", de *Primeiras estórias*. Nele, o narrador relata o momento em que Sorôco leva ambas, mãe e filha, rumo ao trem que partirá para um hospício em Barbacena, o vocábulo aparece no excerto: "Aí que já estava chegando a horinha do trem, tinham de dar fim aos aprestes, fazer as duas entrar para o carro de janelas enxequetadas de grades. Assim, num consumiço, sem despedida nenhuma; que elas nem haviam de poder entender" (Rosa, 2009b, p. 411). Nilce Sant'Anna Martins , em *O léxico de Guimarães Rosa*, o apresenta com o sentido de "desaparecimento". Todavia, o léxico pode evidenciar lêmures decorrentes da junção dos termos "consumir" e "sumiço", ou seja, estando as duas mulheres em "consumiço", temos assim a ideia de um desaparecimento duplicado, as duas personagens serão levadas para, possivelmente, não mais retornarem devido à sua condição de saúde mental e para "sumirem juntas", uma apoiando a outra. O *Dicionário Houaiss* indica as sutilezas de sentido do verbo "consumir": "destruir(-se) totalmente, causar dano a (saúde, vitalidade) ou perder a saúde, a vitalidade; abater(-se), debilitar(-se), gastar (determinado tempo) fazendo algo ou vivendo certa experiência (por vezes, desagradável ou com esforço); apagar(-se) da memória; causar o desaparecimento de; sumir". Outra palavra próxima a esse vocábulo, e que pode ser encontrada no dicionário, é "consumição", que carrega os seguintes sentidos: "ato ou efeito de consumir(-se)"; "destruição total"; "ato ou efeito de gastar até o fim, pelo uso"; "ato ou efeito de acabar-se de dor, raiva, desgosto, preocupação etc."; coisa "que incomoda; amolação, aborrecimento, preocupação". Há ainda a analogia com os termos do campo semântico comercial, "consumo, consumidor", o que nos leva a pensar em seres humanos tratados como mercadoria. De fato, é sabido que a maior parte dos pacientes do Hospital Colônia em Barbacena não retornava, "contabilizando-se", segundo Arbex (2013), mais de 60 mil mortos. Esse fato histórico parece corroborar os sentidos abarcados pelo lêmure na obra de Guimarães Rosa.

CORDURA – O vocábulo se encontra no conto "Nada e a nossa condição", de *Primeiras estórias*. "Cordura", n'*O léxico de Guimarães Rosa*, de Nilce Sant'Anna Martins (2001, p. 135), é "qualidade de cordo; prudência, sensatez, bom-senso". Os significados "prudência, circunspecção, pessoa cordata, tolerante, amigável e afetuosa" podem ser assimilados, em comutação do fonema consonantal /k/, velar desvozeado, pelo seu correlato vozeado /g/ (como em "costa/gosta") e, por um deslize sonoro, gerar o lêmure "gordura", que pode, adequadamente, dizer respeito ao corpo de Tia Liduína. Na mesma medida, podemos pensar em outro lêmure, "doçura", alterando o ponto de articulação da consoante, que de velar passa a dental. A característica é do mesmo modo possível para a personagem – em contraste ao perfil de Man'Antônio – como o é também "grossura", se aproximarmos o perfil de ambos os senhores da grande fazenda. O trecho no qual é possível observar o vocábulo é: "Tio Man'Antônio, esperava-o lá a mulher, Tia Liduína, de árdua e imemorial cordura [introspecção, tolerância, gordura, grossura, cor dura], certa para nunca e sempre. E rodeavam-nos as filhas, singelas, sérias, cuidadosas, como supridamente sentiam que o amavam" (Rosa, 2009b, p. 452). A pertinência dos lêmures sugeridos se confirma no seguinte trecho da mesma obra: "Tia Liduína, que durante anos de amor tinham-na visto todavia sorrir sobre sofrer – só de ser, vexar-se e viver, como, ora, dá-se – formava dolorida falta ao uso de afeto de todos. Tia Liduína, que já fina música e imagem" (Rosa, 2009b, p. 454).

CUCHUSMO – O vocábulo está presente no conto "Buriti", de *Noites do sertão* (*Corpo de baile*): "Só o sururo... Chuagem, o crú, a renho... Forma bichos que não existem. De usos, – as criaturas estão fazendo corujas. Dessoro d'água, caras mortas. Quereréu... Ompõe omponho... No que que é, bichos de todos malignos formatos. O uivo de lobo: mais triste, mais uivoso. Avoagem, só eu é que sei dos cupins roendo. Para outros, a noite é viajável. Que não tenho pai nem mãe, meus menos... É a môrma, mingau-de-coisa, com fôgo-frio de ideia. Dela, esta noite, ouvi só dois suspiros, o cuchusmo. Mortemente. Malmodo me quer, me vem, psipassa... Quer é terra de cemitério. Um som surdoso, Izicre, o iziquizinho, besouro que sobe do cano dum buraco" (Rosa, 2009a, p. 748). A passagem inteira parece conter em si a sonoridade da noite. Martins (2001, p. 142) cita o próprio Guimarães Rosa em carta a Bizzarri. O italiano propõe: cuchusmo (= cochicho + chusma?), ao que Rosa responde: "Onomatopeia (um coro de cochichos, uma multidão estranha a sussurrar? Coisa entre cochicho, suspiro e soluço)" (Bizzarri; Rosa, 1980, p. 71). É digna de nota a polissemia dos sentidos oferecidos pelo autor mineiro, o que pode comprovar a existência de intencionalidade ao se criar tal léxico, aqui denominado lêmure.

D

DEOGENÉSICA, DIOGENISTA – Os dois termos estabelecem uma relação concorde no conto "Darandina", de *Primeiras estórias*. Ambos apontam para o frenesi que invade a multidão que acompanhou o "descendimento" do homem que havia perdido o juízo e subido numa palmeira. Ocorre uma relação de substituição, o homem "via-se dessonambulizado" e a multidão entrava no mundo dos lêmures, isto é, entrava em transe "dionisíaco": "*Ainda não concluindo*. Antes, ainda na escada, no descendimento, ele mirou, melhor, a multidão, deogenésica [*genesis de deo*? de deus originado? dionisíaca ou de Diógenes?], diogenista [gênio divino?]. Vindo o quê, de qual cabeça, o caso que já não se esperava. Deu-nos outra cor. Pois, tornavam a endoidá-lo? Apenas proclamou: – 'Viva a luta! Viva a Liberdade!' – nu, adão, nado, psiquiartista [psicótico + artista?]. Frenéticos, o ovacionaram, às dezenas de milhares se abalavam" (Rosa, 2009b, p. 169, grifos do autor). *O léxico de Guimarães Rosa*, de Nilce Sant'Anna Martins (2001, p. 170), sugere para "diogenésico" a seguinte explicação: "possível paráfrase erudita e humorística da expr. 'filhos de Deus' formada com o elemento lat. *deo*- e o gr. *genésikos*, deriv. de gênesis, 'geração'". O mesmo léxico, no verbete "diogenista", informa: "obscuro: 'gerado por Deus' (?); à procura de um homem como Diógenes?". Os dois neologismos podem se configurar como lêmures que remetem à filosofia de Diógenes de Sínope (413-323 a.C.), o homem que, à luz do dia, com uma lucerna, procurava pela cidade um homem. Quiçá a multidão, seguidora do filósofo, via no homem sob a palmeira a figura do "homem ideal", desprendido e livre. Outro lêmure surge ao se pensar em "diogenista" como aquele que é "genioso" como um deus ou mesmo aquele que se especializa no estudo de Diógenes, se associamos o termo ao processo de formação de vocábulos, por exemplo, "indigenista".

DESDEIXO – A palavra se encontra no conto "A hora e vez de Augusto Matraga", em *Sagarana*, e integra *O léxico de Guimarães Rosa*, de Nilce

Sant'Anna Martins, com múltiplos significados "desleixo, desprezo, descuido, abandono // der. de *desdeixar* (...) o mesmo que *desleixar*" (Martins, 2001, p. 159). Nota-se, de imediato, a formação de um novo vocábulo a partir da anexação do prefixo latino "des-", que agrega ao termo original (a forma verbal "deixo") o significado de "negação, separação, ação contrária", gerando uma palavra composta com o sentido de "desfazer o ato de deixar", isto é, voltar para o Morro Azul, pertinente, aliás, pois todo o trecho aponta para uma reviravolta na vida da personagem. Contudo, o neologismo apresenta outras possibilidades de sentido agregáveis. A palavra "desdeixo", no contexto de uso rosiano, suscita estranheza e provoca a busca de novos significados; talvez com a comutação da dental /d/ pela lateral /l/ em "desleixo", atitude que Nhô Augusto personifica, ou, pela comutação da dental /d/ pela bilabial /p/ em "despejo", sentimento o qual expõe um esvaziamento no agir de Nhô Augusto, e, por fim, a comutação da dental /d/ pela lábio dental /f/, em "desfecho", a apresentar o desenrolar da cena de se seguir para Morro Azul. O trecho de ocorrência é: "Mas Nhô Augusto nem deixou o mensageiro acabar de acabar: – Desvira, Quim, e dá o recado pelo avesso: eu lá não vou!... Você apronta os animais, para voltar amanhã com Siá Dionóra mais a menina, para o Morro Azul. Mas, em antes, você sobe por aqui, e vai avisar aos meus homens que eu hoje não preciso deles, não. E o Quim Recadeiro correu, com o recado, enquanto Nhô Augusto ia indo em busca de qualquer luz em porta aberta, aonde houvesse assombros de homens, para entrar no meio ou desapartar. Era fim de outubro, em ano resseco. Um cachorro soletrava, longe, um mesmo nome, sem sentido. E ia, no alto do mato, a lentidão da lua. Dona Dionóra, que tinha belos cabelos e olhos sérios, escutou aquela resposta, e não deu ar de seus pensamentos ao pobre camarada Quim. Mas muitos que eles eram, a rodar por lados contrários e a atormentar-lhe a cabeça, e ela estava cansada, pelo que, dali a pouco, teve vontade de chorar. E até a Mimita, que tinha só dez anos e já estava na cama, sorriu para dizer: – Eu gosto, minha mãe, de voltar para o Morro Azul... E então dona Dionóra enxugou os olhos e também sorriu, sem palavra dizer. De voltar para o retiro, sem a companhia do marido, só tinha por que se alegrar. Sentia, pelo desdeixo. Mas até era bom sair do comércio, onde todo o mundo devia estar falando da desdita sua e do pouco-caso, que não merecia" (Rosa, 2009a, p. 240). Outra possibilidade que pode assaltar o leitor é a associação com o termo "desídia" ou "desejo", assim, Dona Dionóra sentia pelo desejo, padecia pela desídia, pela negligência, pela preguiça de Nhô Augusto.

DIREITURA – Vocábulo encontrado no conto "Um moço muito branco", de *Primeiras estórias*. A palavra, dicionarizada, é um substantivo feminino que define a característica daquilo que é direito, reto, ou seja, probo, que tem a qualidade de retidão. O léxico de Nilce Sant'Anna Martins (2001, p. 170) aponta o sentido de "direção" como forma arcaica, que também é utilizada no *Urupês*, de Monteiro Lobato. O exemplo rosiano dado pela lexicógrafa é do *GSV*: "Não me respondeu. Li nele a forma duma ira, como apertou os olhos em direitura do campo. – *Tu não vai para o Paredão, tu teme?* – eu ainda buli" (Rosa, 2009b, p. 368, grifos do autor). No conto "Um moço muito branco", porém, o termo anuncia vários outros lêmures de significado. Eis sua ocorrência: "Mas à porta da igreja se achava um cego, Nicolau, pedidor, o qual, o moço em o vendo, olhou-o sem medida e entregadamente – contam que seus olhos eram cor-de-rosa! – e foi em direitura ["em direção a", cf. *Aulete digital*] a ele, dando-lhe rápida partícula, tirada da algibeira" (Rosa, 2009b, p. 467). A palavra significa, evidentemente, "direção", mas, em outra visada, sugere ser um termo compósito; fantasmaticamente, é possível percebê-la como uma palavra composta. Dividindo a palavra ao meio, temos "direi + -tura", cuja sonoridade remete à união dos termos direi[to] + [al]tura; poderia ser entendido como olhando de cima para baixo? A narrativa permite a interpretação pelas características dadas ao agente da doação da partícula (cf. "De estranha memória, só, pois, a de olhar ele sempre para cima, o mesmo para o dia que para a noite – espiador de estrelas". Rosa, 2009b, p. 468); assim, o moço foi em "direito" e "altura" até o cego. Podemos também pensar em "direta altura", se considerarmos que o personagem do moço muito branco se constitui na obra como uma figura mítica de "altura" e envergadura moral, se dirigindo diretamente a Nicolau: "e era moço de distintas formas, mas em lástima de condições, sem o restante de trapos com que se compor, pelo que enrolado em pano, espécie de manta de cobrir cavalos, achada não se supõe onde; e, assim em acanho, foi ele avistado, de muito manhã, aparecendo e se escondendo por detrás do cercado das vacas. Tão branco; mas não branquicelo [branquelo ou branco do *cielo* (céu)?], senão que de um branco leve, semidourado de luz: figurando ter por dentro da pele uma segunda claridade. Sobremodo se assemelhava a esses estrangeiros que a gente não depara nem nunca viu; fazia para si outra raça. Seja que da maneira ainda hoje se conta, mas transtornado incerto, pelo decorrer do tempo, porquanto narrado por filhos ou netos dos que eram rapazes, quer ver que meninos, quando em boa hora o conheceram" (Rosa, 2009b, p. 465).

E

EMBABO – O termo é utilizado por Riobaldo no *GSV* para se referir ao efeito que a voz de Diadorim produz em seu corpo: "Mas, no extremo de adormecer, ainda intrují duas coisas, em cruz: que Medeiro Vaz estava insensato? – e que o Hermógenes era pactário! Tomo que essas traves fecharam meus olhos. De Diadorim, aí jaz que descansando do meu lado, assim ouvi: – 'Pois dorme, Riobaldo, tudo há-de resultar bem...' Antes palavras que picaram em mim uma gastura cansada; mas a voz dele era o tanto-tanto para o embabo [embalo, embaço, em babo/a] de meu corpo. Noite essa, astúcia que tive uma sonhice: Diadorim passando por debaixo de um arco-íris. Ah, eu pudesse mesmo gostar dele – os gostares..." (Rosa, 2009b, p. 34). Nilce Sant'Anna Martins (2001, p. 181) registra os sentidos de "delícia, prazer, gozo", derivação de "embabar", "molhar de baba". Contudo, o termo se inscreve em outros significados se considerarmos possíveis metaplasmos: a voz de Diadorim "embala" o sono de Riobaldo, desata o mundo dos sonhos. Essa voz, que abre as portas dos sonhos, potencializa também o erotismo, isto é, o "embalo" do corpo não é só lassidão ou pachorra, mas excitação, desejo: "pudesse mesmo gostar dele – os gostares...". Por isso, a voz de Diadorim, que preenche – e penetra – o corpo de Riobaldo, já não é "embalo", mas outro lêmure: "embaço", ou seja, vai até seu fígado [baço, embaraço?]. O termo aponta também para "palidez", "empanturramento", "confusão", "petrificação", ou seja, um estado de gozo, orgástico, que também pode surgir sob a forma fantasmática de "em baba" (saliva que escorre da boca, ou caldo, do uso metafórico do verbo "babar", "gostar muito"). Finalmente, é possível cogitar mais um lêmure, assombramento de dois metaplasmos, o desvozeamento do /b/ em /p/, consoantes realizadas no mesmo ponto de articulação, deixando-se ouvir o substantivo "empapo", derivado do verbo "empapar", que no *Aulete digital* é definido como: "1. Molhar (-se) demais ou deixar muito molhado, saturado de líquido (...); 2. Dar consistência de papa (...); 3. Desmanchar na água quente (a farinha do malte) (...); 4. atenuar o impacto de (golpe, pancada) (...); 5. Levar (alguém) na conversa; ENGODAR; SEDUZIR; 6. Suscitar, fazer penetrar (ideia, conceito, argumento etc.) no pensamento de alguém; IMBUIR; INCUTIR (...) encher o papo de".

ENCALCOU – Vamos abordar o vocábulo empregado pelo narrador no conto "A terceira margem do rio", de *Primeiras estórias*. Temos inicialmente a 3ª pessoa do singular do verbo "encalcar", cujo significado é apertar, comprimir e/ou vedar por completo as articulações de peças de ferro. EN- + CALCAR- = apertar intensamente; no sentido figurado (persistir, insistir, esforçar-se, reforçar, enfatizar ressaltar). Nilce Sant'Anna Martins (2001, p. 184) cita ocorrências encontradas em *Manuelzão e Miguilim*: "Mas, então, ele mesmo, Miguilim, era quem tinha de encalcar de rezar, sozinho por si" (Rosa, 2009a, p. 298); e em *GSV*: "Depois, enxeriu que eu falasse discurso também. Tive de. – 'Você deve de citar mais é em meu nome, o que por meu recato não versei. E falar muito nacional...' – se me se soprou. Cumpri. O que um homem assim devia de ser deputado – eu disse, encalquei. Acabei, ele me abraçou. O povo eu acho que apreciava" (Rosa, 2009a, p. 88). Não obstante, o vocábulo, no conto "A terceira margem do rio", remete a vários outros significados. O trecho em que ocorre o termo é: "Sem alegria nem cuidado, nosso pai encalcou o chapéu e decidiu um adeus para a gente. Nem falou outras palavras, não pegou matula e trouxa, não fez a alguma recomendação" (Rosa, 2009b, p. 420). Observe-se que dessa palavra é possível brotarem, por metaplasmos, os lêmures como "encalçou" de "vestir, calçar o chapéu" e seguir, ou de "apertar" o chapéu nas mãos; "encarcou" (em rotacismo) reforça a possibilidade antes sugerida e remete, devido ao ambiente sonoro da frase, para o verbo "encarquilhar" (apertar e fazer ficar cheio de rugas, de carquilhas), cujo gesto revela a tensão da atitude do "adeus". Pode-se aventar para o termo a audição de "encucou" do verbo "encucar", meter na "cuca" ou "cismar com a partida" e, finalmente, de modo mais distante, "enlaçou", de laçar a mão no chapéu e ir embora, como é o movimento/dança dos vaqueiros com seus ornamentos.

ESBARRAR – Um verbo largamente empregado no *GSV* com significados múltiplos, vejamos estes trechos: "– Zé Bebelo – ah. Se o senhor não conheceu esse homem, deixou de certificar que qualidade de cabeça de gente a natureza dá, raro de vez em quando. Aquele queria saber tudo, dispor de tudo, poder tudo, tudo alterar. Não esbarrava [parava, ficava] quieto" (Rosa, 2009b, p. 51); "– E aí esbarramos [achamos por acaso, encontramos] parada para demora, num campo solteiro, em varjaria descoberta, pasto de muito gado" (Rosa, 2009b, p. 186); "– De manhã cedo, o senhor esbarra [embatuca, estaca, se preocupa com, se desgasta] para pensar que a noite já vem vindo?" (Rosa, 2009b, p. 288). Nas três situações, os três significados distintos funcionam simultaneamente nos três contextos. Na primeira, Zé Bebelo é um sujeito inquieto e, por isso, não "parava" quieto, era um "achado" no meio do sertão, ou, ainda, um "obstáculo". Na segunda, "esbarramos" pode ser substituído por "achar" ou "encontrar", mas também por "aquietamo-nos" e, igualmente, por "fomos impedidos de seguir". E, no último caso, o mais complexo, "esbarra" evoca um dispêndio de tempo, "gastar": "o senhor se desgasta para pensar que a noite já vem vindo?"; e do mesmo modo: "o senhor se inquieta em pensar que a noite já vem vindo?"; e ainda: "o senhor acha que a noite já vem vindo?". Nesses três exemplos, "esbarrar" parece se constituir como um verbo vazio e aberto, flutuante e, devido a isso, comporta inúmeros fantasmas. Martins, em *O léxico de Guimarães Rosa* (2001, p. 194), fornece para o termo o significado de "parar".

ESPAVORIDO – A expressão é utilizada no primeiro parágrafo do conto "Pirlimpsiquice", de *Primeiras estórias*: "Aquilo na noite do nosso teatrinho foi de Oh. O estilo espavorido [esbaforido]. Ao que sei, que se saiba, ninguém soube sozinho direito o que houve. Ainda, hoje adiante, anos, a gente se lembra: mas, mais do repente que da desordem, e menos da desordem do que do rumor" (Rosa, 2009b, p. 425). Martins (2001, p. 201) realça que o prefixo "es-" intensifica o significado de "pavor". Fonologicamente, o vocábulo contém mutações possíveis, como oscilações entre os fonemas /p/ e /b/, respectivamente, oclusivas bilabiais surda e sonora, e os fonemas /f/ e /v/, respectivamente, fricativas labiodentais surda e sonora. Isso ocorre porque tanto os fonemas /p/ e /b/ quanto os fonemas /f/ e /v/ são sons foneticamente semelhantes, isto é, sons que compartilham uma ou mais propriedades fonéticas. Assim, pode-se afirmar que ambos os conjuntos de sons se distinguem apenas pelo vozeamento, o que provoca, na leitura em voz alta do termo "espavorido" – cheio de pavor –, utilizado por Guimarães Rosa, a possibilidade de, invertendo a propriedade de vozeamento dos fonemas /p/ e /v/, recuperar o par /b/ e /f/, recuperar o termo "esbaforido", o que complementa a compreensão, no primeiro parágrafo, do termo: o teatro, de estilo espavorido, além de trazer pavor aos meninos e amedrontar a todos os presentes, também apresenta um estilo esbaforido, cujo "Oh" foi de um arrepiar tão grande que dificultou a respiração de todos com a afobação causada pelo estro estrambótico daquele teatrinho.

ESTREPUXADA – O vocábulo aparece também no conto "Pirlimpsiquice", de *Primeiras estórias*, e obedece a processo idêntico ao do verbete anterior. Martins (2001, p. 211) aponta os sentidos: "impetuoso, impelido para frente". O contexto de "Pirlimpsiquice" é: "Assim perpassando, com a de nunca naturalidade, entrante própria, a valente vida, estrepuxada [estrebuchada, estremunhada]. Zé Boné, sendo o melhor de todos?" (Rosa, 2009b, p. 431). O neologismo, cunhado por Guimarães Rosa, além do sentido compósito com "estre[mo] + puxar", ou seja, "puxar ao extremo", tem uma proximidade fonética (/p/ e /b/; /x/ e /ch/) com o termo "estrebuchar", que significa agitar os braços e pernas; debater-se. Em sentido figurado, segundo o *Aulete digital*, "estrebuchar" é "sofrer ou expressar grande comoção, agitação emocional, trauma moral". No conto, o termo apresentado é utilizado para referir-se aos atores do teatrinho e à sua movimentação no palco, semelhante àquela que fazem os atores em cena, quando dão vida aos personagens dramáticos. Tal leitura permite evocar outro lêmure que completa, de modo sutil, toda a situação adversa daquele teatrinho, cuja valente vida "estremunhou" bem ali, em meio ao palco. O termo fonologicamente contíguo, "estremunhar", que significa "acordar de repente aquele que dorme profundamente" e, em sentido figurado, "aturdir", parece ter sido o que aconteceu com o grupo de atores: como um despertar de um ímpeto, a vida dos garotos se abriu para a atuação, para o drama, para a arte.

EXTRAVAGÁVEL – O vocábulo ocorre em *GSV* quando Zé Bebelo resolve sair para fazer a guerra contra os jagunços e é questionado quanto ao fato de aquele ser o momento oportuno, a estação de chuvas. No entanto, por meio do termo, a estatura de sua liderança e a sagacidade de sua decisão acabam por se revelar. "Saímos, solertes entes. Para isso, a lua não era boa. Quem põe praça de cavalhadas, por desbarranco de estradas lamentas, desmancho empapado de chão, a chuva ainda enxaguando? Convinha esperar regras d'água. – 'O Paracatu está cheio...' alguém disse. Mas Zé Bebelo atalhou: – 'O São Francisco é maior...' Com ele, tudo era assim, extravagável [extravasável, extra vagável, estragável?]; e não queria conversas de cultiquê. Rompemos. Melava de chover baixo, mimelava [me melava? *Melar*: produzir a mela; produzir falhas no gume de; cortar, retalhar; v.

intr. ficar melado; tornar-se peco, chocho; v. pr. (Bras.) embebedar-se. Cf. *Aulete digital*]. Até o derradeiro do momento, parecia que íamos atravessar o Paracatu. Não atravessamos. Tudo aquele homem retinha estudado. (...) 'Eu é que escolho a hora e o lugar de investir...' – Zé Bebelo disse" (Rosa, 2009b, p. 63). Martins (2001, p. 218) fornece o sentido de "possível de fugir do usual". Se Zé Bebelo de fato não é um homem comum do sertão, por outro, parecia sempre "extravagar", isto é, "perder-se, extraviar-se, atrapalhar-se", pois, com ele, "o rumo das coisas nascia inconstante diferente, conforme cada vez" (Rosa, 2009b, p. 50). Porém, conforme sua estratégia demonstrou, ele estava no controle da situação e tinha consciência dos objetivos que buscava alcançar e dos alvos que pretendia atingir. Seu extravagar era do tipo de "andar fora do número, da espécie, da ordem, da coleção", e não se deixava abalar por conversas sem importância, ou com a fase da lua, nem com a estação chuvosa. Era uma pessoa extravagante, "que se afasta do habitual, do comum"; daí ser "singular, original", e, também, "estranho, excêntrico". Tal qual um rio ao sair do leito no qual costumeiramente corre o fluxo d'água, o comportamento de Zé Bebelo, quando comparado ao das pessoas em geral, tinha um quê de "extravasar", uma vez que lhe era próprio "sair dos limites", "transbordar" o modo usual de pensar e agir. Zé Bebelo também pode ser considerado como estando à frente de uma "vaga", ou seja, uma onda (do francês, *vague*), palavra que, no sentido figurado, diz respeito a uma "multidão que se espalha ou invade em desordem, como vaga", uma "turba" em "grande agitação". E, ainda, no sentido militar, "um conjunto de meios (homens, veículos [nesse caso, montarias], [armas] etc.) lançado contra forças inimigas", como aquele que Zé Bebelo tem à sua disposição. E, por se tratar de aspectos que fogem ao ordinário, temos uma dimensão fora do normal, "extra", em que os eventos por ele capitaneados tomam forma: "A tal que, enfim, veio o dia de se sair, guerreiramente, por vales e montes, a gente toda. Ôi, o alarido! Aos quantos gritos, um araral, revoo avante de pássaros – o senhor mesmo nunca viu coisa assim, só em romance descrito. De glória e avio de própria soldadesca, e cavalos que davam até medo de não se achar pasto que chegasse, e o pessoal perto por uns mil" (Rosa, 2009b, p. 87).

F

FÃO – Ocorre em "Buriti", de *Noites do sertão* (*Corpo de baile*). Nilce Sant'Anna Martins (2001, p. 222) indica um "sentido obscuro" e cita trecho de carta de Guimarães Rosa a seu tradutor para o italiano, Edoardo Bizzarri. O trecho completo é: "(Bizzarri) 'fão' (é do inglês fan = leque?) (Rosa) 'Talvez. Pode ser com vantagem. Mas dizem *a fão* com o sentido de: *com alegria*'" (Bizzari; Rosa, 1980, p. 77). A resposta de Rosa é curiosa, admite a "vantagem" na acumulação de sentidos. E se é vantajoso acumular sentidos, que se pense também em "afã", "ânsia, afobação", e "afano", "furto" [a fão = "a roubo > arroubo, êxtase?"]. A passagem em que aparece no conto "Buriti" é: "E a festa passava. No morrer da fogueira, porém, Tia Cló trazia a iô Liodoro uma cúia cheia de aguardente viva, iô Liodoro se persignava e despejava de distância o conteúdo no braseiro: subia-se, a fão, um empeno altíssimo de labaredas, treslinguadas, meio segundo, dansantes. Espelharam-se nos ramos das árvores cores e lisos de pedrarias, as joias" (Rosa, 2009a, p. 784).

FASQUIA – Segundo Nilce Sant'Anna Martins (2001, p. 224), o termo significa "pedaço de tábua, comprido e estreito, ripa, lasca de madeira". O trecho citado pela lexicógrafa é o mesmo que escolhemos. Realçamos, na citação, as aliterações em fricativas surdas e sonoras provocando confusão de sons do fluxo expiratório de ar, como se tudo passasse por uma fenda estreita provocando faíscas, fricção. Desse modo, gera-se, da palavra "fasquia", o anagrama "faísca" [*faskia/faiska*: φασκία = tira, fita, faixa, fiapo || latim vulgar], segundo o *Dicionário Houaiss* [*favisca* = faísca]. "Dá, deu: bala beija-florou. Zúos – ao que rachavam ombreiras das janelas, estraçalhavam, esfarelavam fasquia [faísca]. Umas que caíam quase como colhidas, no assoalho do chão – tinham dansado de ricochete – e ficavam para lá, amolgadas, feito pedaço de cano, ou aveladas de maduras. Essas podiam se esfriar, de vagarinho. Perdiam sem valia aquele feio calor, que podia ter sido a vida de uma pessoa. O José Gervásio e o Araruta recuaram para o meio da sala, me recomendaram me acautelasse. Mas eu permaneci. Disse que não, não, não. Minhas duas mãos tinham tomado um tremer, que não era de medo fatal. Minhas pernas não tremiam. Mas os dedos se estremecitavam [estremeciam e excitavam?] esfiapado, sacudindo, curvos, que eu tocasse sanfona" (Rosa, 2009b, p. 382-383).

FIA – Para além da vasta polissemia do verbo "fiar" [abonar, confiar, ter fé, vender a crédito, arbitrar, contar com, transformar matéria têxtil em fio, urdir, tramar, secretar ou produzir fio – a aranha fia –, serrar de modo longitudinal, puxar metais à fileira], Guimarães Rosa, ao utilizar o vocábulo, vez por outra, amontoa significados para além daqueles arrolados nos dicionários e, sem escolher com exatidão o sentido, cria assombrosas situações. Veja-se, por exemplo, um trecho de "Burrinho pedrês", em *Sagarana*. É a passagem em que Major Juca Bananeira acaricia, alisa a crina trançada – gesto nada desprezível para o contexto – do cavalo Belmonte (cujo nome é também significativo) e adverte Badú de que há um assassino no encalço dele. Para convencê-lo acerca do perigo, Bananeira desfia argumentos – no trecho nomeados como "eloquência" pelo narrador – que, por sua vez, se constituem a partir de elementos sonoramente marcados, recursos "fonéticos", aliterações com fricativas – destacadas com sublinhados na citação. Destaque-se que é dentro das aliterações arroladas que surge o /f/ de "fiando" com os vários significados do vocábulo dados nos dicionários e mais outros, como que preparando o Badú para o "bote" de Silvino qualificado na narrativa como "cobra-cipó". O termo ocorre em: "É, acolá, no outro e*x*tremo do eirado, Juca Bananeira, que brinca de mexer tranças na crineira de Belmonte, e con*v*er*s*a com Badú. – '*V*ocê *f*az mal, de andar a*ss*im desarmado de arma! [cf. **ARMA**, cf. também **CATRUMANO**] *S*il*v*ino é onça-tigre. Todo-o-mundo *s*abe que ele e*s*tá e*s*perando hora...' Aí Badú, atra*v*e*ss*ando na *f*rente do arreio a longa *v*ara de ferrão, e mostrando o poldro, agora quietado, e*x*au*s*to de pular, *s*ó di*z*: – 'Comigo não tem quem tem!' [cf. **TEM-TEM**] Eu também, quando *v*ejo aquele, *f*ico logo amigo da minha *f*aca. Mas

Silvino é medroso, mole, está sempre em véspera de coisa nenhuma!' – 'Aí fiando! Quem tem inimigo não dorme!...' E Juca Bananeira vai para a eloquência, porque confia tanto na moleza de Silvino quanto um tem-farinha-aí acredita na imobilidade de uma cobra-cipó, ou uma cobra-cipó crê na lonjura alta de uma acauã. Mas Badú guina o poldro, vindo cá para perto do canto onde João Manico conversa ainda com o Major" (Rosa, 2009a, p. 23). Arrolando possibilidades de escuta e interpretação, destaque-se que a expressão "Aí fiando!" para um ouvinte brasileiro não soa natural. Prepara o caminho para o surgimento de lêmures com as aliterações, assim, é possível ouvir: "aí (con)fiando", "aØ fiando"; "em fiando"; "enfiando"; "ah... *if*... iando"; "ah... ifi... ando"; "aí, fia/filha!".

FINA – Adjetivo [fino: macio, agradável, delgado, aguçado, agudo, penetrante, apurado, elegante] ou particípio ["finado" em formação irregular, "fino", a partir do presente do indicativo] utilizado no conto "Nada e a nossa condição", em *Primeiras estórias*, na seguinte ocorrência: "Tia Liduína, que durante anos de amor tinham-na visto todavia sorrir sobre sofrer – só de ser, vexar-se e viver, como, ora, dá-se – formava dolorida falta ao uso de afeto de todos. Tia Liduína, que já fina [morta, apurada/ sutil?] música e imagem" (Rosa, 2009b, p. 454).

FRIÔR – Registrado por Nei Leandro de Castro, em *Universo e vocabulário do Grande sertão* (1982, p. 112), o termo, segundo o estudioso, comporta o significado de "friúra, frialdade". De fato, o contexto de ocorrência reclama este sentido: "Curvei, bebi, bebi. E a água até nem não estava de frio geral: não apalpei nela a mornidão que devia-de, nos casos de frio real o tempo estar fazendo. Meu corpo era que sentia um frio, de si, friôr de dentro e de fora, no me rigir. Nunca em minha vida eu não tinha sentido a solidão duma friagem assim. E se aquele gelado inteiriço não me largasse mais" (Rosa, 2009b, p. 275). Os contextos de descrição da sensação de frio, do ponto de vista dos ambientes sonoros, frequentemente, em Guimarães Rosa, são repletos de /r/ e de dentais /d/ e /t/, por exemplo: "O defunto, que estava ali, era mesmo o *do* Treciziano! A mo*rte* *d*ele *d*eu cer*to*. E e*ra*, segun*do* *t*inha *de* se*r*? E *t*inha de se*r*, po*rt*an*t*o que o *d*emo não exis*t*e! As *tr*amoias, a*r*ma*d*ilhas... Nem nunca mais, *daí* po*r* *d*ian*t*e, eu que*r*ia pensa*r* nele. Nem no pob*r*e do Treciziano, que estava ali, degolal, que eu tinha... Um f*r*io p*r*ofundíssimo me *tr*emeu. Sof*ri* os pavôres *d*isso – *d*a mão *d*a gente se*r* capaz de a*t*o sem o pensamen*to* *ter* tempo” (Rosa, 2009b, p. 333). Há uma nítida intenção de se reproduzir, por imitação fonética, o som emitido pelo corpo acometido de frio, o tiritar dos dentes e os lábios a tremer (cf. Lausberg, 1967, p. 266, §458). Nesses casos, poderíamos falar em onomatopeias, no entanto, há no contexto de ocorrência da palavra “friôr” uma possibilidade de lê-la/ouvi-la como um vocábulo da geografia que Rosa cultivou no *GSV*: fiorde, nome dado a um longo, frio e estreito braço de mar. Poderíamos ler o trecho do seguinte modo: “meu corpo era que sentia um frio [fiorde-se], de dentro e de fora, no me rigir” (Rosa, 2009b, p. 275). A passagem foi preparada nas páginas anteriores por meio de uma outra: “Mas o mundo falava, e em mim tonto sonho se desmanchando, que se esfiapa com o subir do sol, feito neblina noruega movente no frio de agosto” [fiorde a gosto]. A proposta é relevante sobretudo se consideramos que os fiordes se situam principalmente nas costas da Noruega (Rosa, 2009b, p. 206; cf. também Guerra, 1997, p. 186).

FOGO-FÁ – Cf. **JÃDELÃFO, JAN-DLA-FOZ**

G

GARGARAGEM – O vocábulo ocorre em uma passagem do *GSV* e se constitui como um gerador de sentido sonoro, capaz de materializar o conteúdo pelo som. O trecho em que ocorre é marcado com a presença recorrente da gutural /g/ e da vibrante /r/, o que garante, na vocalização, o uso frequente da garganta produzindo sonoridades roucas, profundas e fortes. As palavras são, deste modo, emitidas como um jorro, uma "cachoeira" lexical: "Lhe mostrar os altos cla*r*os das Almas: *r*io despenha de lá, num afã, espuma próspe*r*o, *g*ruge [cf. este termo]; cada cachoei*r*a, só tombos. O cio da tigre p*r*eta na Se*rr*a do Tatu – já ouviu o senhor *g*ar*g*ara*g*em de onça? A *g*a*r*oa *r*ebrilhante da dos-Confins, mad*r*u*g*ada quando o céu emb*r*anquece – neblim que chamam de xe*r*e*r*ém" (Rosa, 2009b, p. 19). Nilce Sant'Anna Martins (2001, p. 245) define "gargaragem" como "grito tremido" de gargar(ejar) + sufixo. Nei Leandro de Castro (1982, p. 114) indica a formação a partir de "gargalhar" + sufixo. O sentido do primeiro termo de "gargaragem" pode ser associado também com "garganta", "gargalo", passagem apertada e profunda de um vale. Se nos pautarmos pelo *Dicionário de tupi antigo* de Eduardo de Almeida Navarro (2013, p. 134), o vocábulo pode estar ligado à ancestralidade dos sons da floresta, pois "guaraguará" é, segundo o dicionarista, o mesmo que "karakará", que, por sua vez, dá origem ao nosso "caracará, carcará e carancho", nome de duas aves da família dos falconídeos da América do Sul oriental (Navarro, 2013, p. 220, 554). O nome "carcará" é onomatopeico, relativo ao som da ave. Por outro lado, "guarará" (ou íiarará) (s.) é uma "espécie de tambor (...), uma espécie de atabaque"; "guararaguasu" (s.) é simplesmente "tambor" (Navarro, 2013, p. 134). O léxico se aproxima também de "jaguar", mais especificamente, "jaguara-pinima" [termo que ocorre em "Meu tio Iauaretê", de *Estas estórias* (Rosa, 2009b, p. 806). Carece igualmente lembrar que o nome da onça em tupi é îagûara/jaguara (Navarro, 2013, p. XLVII)].

GARRAVA – A forma poderia ser um metaplasmo de "agarrar" ou, literalmente, advinda do verbo "garrar". Se oriunda de "garrar", muitos poderiam ser seus sentidos, como define o *Aulete digital*: "(gar.rar) 1. Náut. Afastar (embarcação) por ter-se soltado a âncora ou amarra; DESGARRAR"; "2. Fig. Tornar-se distante; AFASTAR-SE; APARTAR-SE"; "3. Náut. Rebentar ou desprender (as amarras)"; "4. Náut. Ir além de; ULTRAPASSAR". Se originária de "agarrar", também segundo define o *Aulete digital*, indicaria o contrário do verbo anterior: "Bras. Pop. O mesmo que agarrar ('começar a, pegar, segurar'). [F.: Do esp. garrar 'segurar com as garras', 'prender-se com gancho']". Todos os sentidos arrolados são bem aproveitados na leitura deste trecho de *GSV*: "Nesse tempo, o Jacaré pegou de uma terra, qualidade que dizem que é de bom aproveitar, e gostosa. Me deu, comi, sem achar sabor, só o pepêgo esquisito, e enganava o estômago. Melhor engulir capins e folhas. Mas uns já enchiam até capanga, com torrão daquela terra. Diadorim comeu. A mulher também aceitou, a coitada. Depois Medeiro Vaz passou mal, outros tinham dôres, pensaram que carne de gente envenenava. Muitos estavam doentes, sangrando nas gengivas, e com manchas vermelhas no corpo, e danado doer nas pernas, inchadas. Eu cumpria uma disenteria, garrava [distanciava de, apartava de, começava a, prendia-me a] a ter nojo de mim no meio dos outros" (Rosa, 2009b, p. 37).

GRIMO – Palavra que ocorre em *Urubuquaquá no Pinhém* (*Corpo de baile*), no conto "O recado do morro". O termo integra *O léxico de Guimarães Rosa* de Nilce Sant'Anna Martins (2001, p. 255), que, por sua vez, cita trecho da correspondência de Rosa com Bizzarri. Paulo Rónai (2020, p. 117) cita igualmente o trecho. Grimo, segundo Guimarães Rosa, tem sentidos seculares acumulados: "de uma feúra sério-cômica, parecendo com as figuras dos velhos livros de estórias: feio careteante; de rosto engelhado, rugoso. (Cf. em italiano: *grimoso* = *Vecchio grinzoso*.) Em inglês: *grim* = carrancudo, severo, feio, horrendo, sombrio, etc. Em alemão: *grimm* = furioso, sanhoso. Em dinamarquês: *grimme* = feio. Em português: grima = raiva, ódio; grimaça = careta.

Eu quis captar o *quid*, universal, desse radical" (Bizarri; Rosa, 1980, p. 42). Eis, portanto, um lêmure escancarado e declarado pelo autor. Podemos observar o termo na ocorrência: "Um homenzinho terém--terém, ponderadinho no andar, todo arcaico. – 'É o Gorgulho...' – o Pê-Boi disse. Quem? Um velhote grimo, esquisito, que morava sozinho dentro de uma lapa, entre barrancos e grotas – uma urubuquara – casa dos urubús, uns lugares com pedreiras. O nome dele, de verdade, era Malaquias. E ia o Gorgulho direito bem no meio da estrada, parecia um garatujo, um desses calungas pretos, ou carranquinha escoradora de veneziana. Tinha um surrão a tiracolo, e se arrimava em bordão ou manguara. Como quase todo velho, andava com maior afastamento dos pés; mas sobranceava comedimento e estúrdia dignidade" (Rosa, 2009a, p. 446).

GRUGE, GRUGIR – Os termos integram os léxicos de Nilce Sant'Anna Martins (2001, p. 256) e de Nei Leandro de Castro (1982, p. 116). Ambos apontam para uma aglutinação de "gruir", andar fazendo algazarra, e "rugir", bradar, ressoar. Assome-se a esses significados a hipótese de um inglesismo com *huge*, enorme, visto falar-se dos "altos claros das almas"; "despenhamento", "afã", "serra". O trecho em que vislumbramos este lêmure é o mesmo que se viu no verbete **GARGARAGEM** e que aqui repetimos, retirado de *GSV*: "Lhe mostrar os altos claros das Almas: rio despenha de lá, num afã, espuma próspero, *gruge*; cada cachoeira, só tombos. O cio da tigre preta na Serra do Tatu – já ouviu o senhor gargaragem de onça? A garoa rebrilhante da dos-Confins, madrugada quando o céu embranquece – neblim que chamam de xererém" (Rosa, 2009b, p. 19).

H

HABÃO – O narrador Riobaldo, em *GSV*, parece ser, também, uma espécie de "caçador de lêmures", pois ele próprio aponta as inúmeras possibilidades de execução vocal para o nome de Emílio Wusp e, como não poderia ser diferente, estabelece tais variações também para o nome do terratenente Habão. O personagem se encaixa no rol de patriarca e, por isso, Riobaldo chama-o de Abrão, que, por sua vez, é um fantasma hebreu de Abraão. A forma do nome com "h" encaminha o leitor para a sugestão fantasmática do verbo latino *habere*, "ter"; Habão seria, portanto, o que tem muitas coisas: posses e título. É um ser distinto, Capitão da Guarda-Nacional, senhor de terras, gados e galinhas, em resumo, um "patrício" no sertão. Riobaldo possui certa vênia para com Habão, trata-o com distância, cuidado e respeito: "Mas se ficou sabendo que o nome dele não era em verdade Abrão [Abraão], mas Habão, que assim se chamava. Consoante o diploma de patente, que no chão, num canto, avistei, lavrado preenchido cerimonial, de esse Habão era Capitão da Guarda-Nacional, em válidos títulos" (Rosa, 2009b, p. 259). Noutro trecho, percebe-se uma possível associação de Habão com "gabão": "Ele sabia olhar redor-mirado a gente, com simpatias ou com desprezos, e respirava para dentro dos peitos a maior quantidade de ar que desejava, por quantas ventas tão largas ele tinha" (Rosa, 2009b, p. 268). O termo, se vocalizado com a aspiração forte do /h/, pode soar como "*r*abão" que, segundo Domingos Vieira (1874, v. 4, p. 61), é "Que tem o rabo cortado até perto da raiz, e arrebitado, cortando-se lhe os músculos depressores, à moda inglesa, falando-se dos cavalos e éguas"; o *Aulete digital* acrescenta que, popularmente, no Brasil, esta é uma das alcunhas do diabo.

HAGÁ – Vocábulo que aparece quando se narra como Diadorim rejeita uma "pedra-de-safira" que lhe fora ofertada. Rosa usa este léxico para expressar o sentimento suscitado em Riobaldo, o ofertante. O trecho é: "– 'Deste coração te agradeço, Riobaldo, mas não acho de aceitar um presente assim, agora. Aí guarda outra vez, por um tempo. Até em quando se tenha terminado de cumprir a vingança por Joca Ramiro. Nesse dia, então, eu recebo...' Isso, de arrevés, eu li com hagá; e mesmo antes, quando apontou no rosto dele, para o avermelhar de cor, a palidez de espécie. Delongando, ainda restei com a pedra-de-safira na mão, aquilo dado-e-tomado" (Rosa, 2009b, p. 243). Nilce Sant'Anna Martins (2001, p. 261) dedica um verbete ao termo e o explica: "expr. De sentido impreciso, talvez ouvir contrariado, desconfiado, perplexo, achando esquisito". Nei Leandro de Castro (1982, p. 117) prende-se mais à letra em si: "grafia (pessoal) da oitava letra do alfabeto" e remete o leitor para o mesmo trecho citado neste verbete com a seguinte formulação: "A expressão *ler com hagá* significa no texto ler arrevesadamente; não entender claramente". Ambos estão corretos, mas é possível acrescentar outro sentido ao vocábulo, sendo advindo do campo linguístico. O "h" encontrado nas palavras de etimologia grega significa aspiração forte da vogal inicial de uma palavra grega marcada com o "espírito rude" e que, no português, se executa como um /r/, no alemão, como um /ch/, no inglês, como uma aspiração forte, como em *history*, por exemplo. David Lopes da Silva (2011, p. 194) descreve informações interessantes sobre o uso das letras em Rosa: "em seus [João Guimarães Rosa] cadernos de anotações, há ainda diversos exemplos mais, a que dava o nome de 'Letrismos', palavras tais como: 'o sonho é um *h* intrometido no sono'; 'o Q não chega a ser um O cedilhado; Ö = O coroado'". Na nota 538, Silva indica: "Estes 'letrismos', na maioria das vezes acompanhados do sinal característico de Rosa 'm%', estão, inéditos, na Pasta ES (2) – 'Russismos', que faz parte do Arquivo Guimarães Rosa do Instituto de Estudos Brasileiros (IEB) da Universidade de São Paulo. De fato, entre sonho e sono existem fantasmas, o /h/ poderia ser uma materialização de lêmures, dicção e espírito dos antigos, na língua portuguesa. Todavia, no contexto analisado, o /h/ pode soar igualmente como um letrismo que nos leva à onomatopeia de raiva – /rrrr/ – frequente em histórias em quadrinhos. Vale também recordar a mistura de línguas para formar o soberano dos homens na forma portuguesa do nome grego [H]aga [letra do alfabeto] + *mais non* [expressão francesa] = agá, mas não" [cf. também **HISTÓRIA**].

HE – Termo utilizado por Guimarães Rosa, à primeira vista, como interjeição no *GSV*. Realmente, o autor se aproveita do fato de que a interjeição, é, como afirma Marcos Bagno (2016, p. 425), "um fenômeno de entoação, prosódico, e não uma categoria lexical plena como as demais – afinal, toda e qualquer palavra, de qualquer classe – 'Fogo!', 'Chega!', 'Demais!', 'Gostosa'! – ou mesmo uma sentença inteira pode constituir uma interjeição, 'Valei-me, minha nossa Senhora da Abadia!'". "He", no *Dicionário Houaiss da língua portuguesa* e no *Aulete digital*, é símbolo químico de hélio. Nestes dicionários, "he" não comparece como interjeição, da mesma forma, também não o faz nos dicionários especializados de Nilce Sant'Anna Martins (2001) e Nei Leandro de Castro (1982). Podemos observar que, na língua inglesa, *he* é usado como pronome pessoal de 3ª pessoa masculino. Percebe-se que, no contexto rosiano de ocorrência, a chegada de um tal seô Habão provoca uma mudança nas atitudes das personagens envolvidas (marcada pela inversão de letras que se manifesta igualmente na permuta de "eh" – interjeição dicionarizada – em "he"). A leitura inglesa, porém, não se confirma para o trecho. Vejamos: "Mas, com seus modos guerreiros, Zé Bebelo abriu um gesto, à fidalgamente, nem deixando o outro estipular: – 'Ah, isso não, patrício meu amigo, he, mas absolutamente! A gente não é gente da desordem... E favor, de sobra, nós já devemos ao senhor – pela pousada em suas terras e pelas cabeças de gado de sua posse, que temos carneado, por precisão de sustento...'" (Rosa, 2009b, p. 268). "He", se vocalizado com aspiração, se aproxima do prefixo "re-", que exprime repetição, intensidade, reciprocidade ou mesmo movimento para trás. Além dessas fantasmagorias linguísticas, é possível notar que, ao final, o autor insere um símile de "ema" na história, Zé Bebelo é como ema: "Por aí, vi que ele era adiantado e sagaz. Porque: ema, no chapadão, é a primeira que ouve e se sacode e corre – e mesmo em quando tenha razão"

(Rosa, 2009b, p. 268). O trecho citado como exemplo carrega a palavra "ema" se lida em fluxo contínuo: amigoh*emas*absolutamente. A ema, ou nhandú, vem a propósito: tais aves habitam as regiões campestres de todo o Brasil oriental e central, desde o sul do Pará (rio Cururu) e o Maranhão até Mato Grosso, Goiás, Minas Gerais e oeste de São Paulo (Pinto, 1978, p. 1). De acordo com Batista Caetano (citado por Santos, 1938, p. 8), nhandú "vem de *nhã* = correr + *tu* = estrepitante, ou *nhã* – correr + *ub* = perna; a corredora, a que corre". Santos afirma também que, quando as emas "desenvolvem a corrida, chegam a causar admiração pela agilidade e suas muito típicas cabriolas. (...) A disposição dos olhos e a depressão posterior da órbita permitem que este animal veja para trás, facilitando-lhe assim a fuga, quando perseguido" (Santos, 1938, p. 8-9). Segundo Emílio Augusto Goeldi (1874, p. 611), "na fuga [como é o contexto da narrativa rosiana], ela própria se esporeia com os acicates que tem nas asas. (...) O ir-lhe ao encalço não é empresa de somenos dificuldade mesmo para um bom cavaleiro e um cavalo brioso. As arranhaduras das suas garras não constituem arma que cães e caçadores desdenhem". "He", como pudemos conferir no *corpus* rosiano, aparece apenas em *GSV*.

HISTÓRIA, ESTÓRIA – É inegável o valor que Guimarães Rosa dá à letra "h" não sonante no português quando se propõe a escrever a palavra "história" como "estória". Em *Tutaméia*, no prefácio "Aletria e hermenêutica", lê-se: "A estória não quer ser história. A estória, em rigor, deve ser contra a História. A estória, às vezes, quer-se um pouco parecida à anedota" (Rosa, 2009b, p. 529). O próprio Rosa explica a frase; é que, nesta circunstância, "numa separação mal debuxada, caberia desde logo série assaz sugestiva – demais que já de si o drolático responde ao mental e ao abstrato – a qual, a grosso, de cômodo e até que lhe venha nome apropriado, perdôe talvez chamar-se de: anedotas de abstração" (Rosa, 2009b, p. 529). Pois análogas a estas situações mal debuxadas de um "h" dispensável em certas "estórias" de significado oscilante, são, por si mesmas, as situações que presentificam os lêmures na obra de João Guimarães

Rosa. O “h” da palavra “história”, do ponto de vista sonoro, é como “o leite que a vaca não prometeu” (Rosa, 2009b, p. 529). Enquanto som, na língua portuguesa, pode-se proferir para a letra o dito: “O gato saiu do gato, pai, e só ficou o corpo do gato” (Rosa, 2009b, p. 533), ou seja, o “h” é “niilificação enfática” (Rosa, 2009b, p. 534).

I

IDÍLIO – Trata-se de um termo polissêmico: 1. forma poética curta da literatura grega antiga envolvendo temas diversos; 2. poema lírico de tema bucólico ou amoroso, ou colóquio de namorados; 3. devaneio, fantasia. A ocorrência selecionada aparece em *Sagarana*, no conto "Duelo": "Mas, por essa altura, Turíbio Todo teria direito de queixar-se tão-só da sua falta de saber-viver; porque avisara à mulher que não viria dormir em casa, tencionando chegar até ao pesqueiro das Quatorze-Cruzes [Via Sacra?] e pernoitar em casa do primo Lucrécio, no Dêcámão. Mudara de ideia, sem contra-aviso à esposa; bem-feito!: veio encontrá-la em pleno (com perdão da palavra, mas é verídica a narrativa) em pleno adultério, no mais doce, dado e descuidoso, dos idílios fraudulentos" (Rosa, 2009a, p. 110). O trecho permite uma leitura múltipla da palavra em razão de seu uso plural e adjetivado ("idílios fraudulentos", expressão que liga idílio e fraude e se aproxima da ideia de gênero literário e ficção); em razão das referências ao mundo antigo e suas formas literárias (Lucrécio, autor latino da obra

De Rerum Natura/Sobre a natureza das coisas, e Dêcámão Decamerão, de Giovanni Boccacio); em relação ao motivo da "fantasia", que sói acontecer em casos de traição; e, finalmente, no sentido comum de namoro, paixão, romance (idílio = *affair*).

ILUMINADO – O verbo "iluminar" é carregado de sentidos que, no trecho selecionado, não são excludentes, e sim acumulativos, formando um espectro significativo volumoso. Aparece em *Sagarana*, no conto "Duelo": "Felizmente que os culpados [a esposa adúltera e seu amante] não o pressentiram. Turíbio [= θόρυβος, barulhento, turbulento?] Todo costumava chegar com um mínimo de turbulência; ouviu vozes e espiou por uma fisga da porta; a luz da lamparina, lá dentro, o ajudando, viu. Mas não fez nada. E não fez, porque o outro era o Cassiano Gomes, ex-anspeçada do 1º pelotão da 2ª companhia do 5º Batalhão de Infantaria da Força Pública, onde as gentes aprendiam a manejar, por música, o ZB tchecoslovaco e até as metralhadoras pesadas Hotchkiss [*hot kiss*?]; e era, portanto, muito homem para lhe acertar um balaço na testa, mesmo estando assim em sumaríssima indumentária e fosse a distância para duzentos metros, com o alvo mal iluminado e em movimento" (Rosa, 2009a, p. 110). Nessa situação, Turíbio Todo é um "alvo mal iluminado" [um branco sem luz? um ponto mal iluminado?], o que pode ser entendido como: ele está no escuro, sem luz para o iluminar, seja no sentido real, seja no figurado (o narrador, em parágrafo anterior, acaba de informar o leitor que tudo aconteceu em "um dia de nhaca") (cf. Rosa, 2009a, p. 110). De fato, no parágrafo em foco, o personagem estava fora não só da claridade, mas também da "luz espiritual", pois "estava com a honra ultrajada" (Rosa, 2009a, p. 111) e era "vingativo e mau" (Rosa, 2009a, p. 109), embora estivesse lúcido "como o bom, o legítimo capiau", que "quanto maior é a raiva tanto melhor e com mais calma raciocina. (...) Respirava fundo e sua cabeça trabalhava com gosto, compondo urdidos planos de vingança" (Rosa, 2009a, p. 111). Além disso, veremos, com o avanço da narrativa, que Turíbio, por não ser um homem de clareza, enganou-se e, iludido, matou o rival [o alvo – anagrama de rival?] errado.

IMBECIL – A palavra, segundo o *Dicionário Houaiss da Língua Portuguesa*, abrange quatro significados básicos: "aquele que denota inteligência curta"; "aquele que é fraco, sem forças de corpo e espírito" (obsoleto); "pusilânime, covarde"; "que apresenta retardo mental". Vamos encontrá-la na obra *Sagarana*, no conto "Minha gente". O tema principal da narrativa é a artimanha de Maria Irma para conseguir um marido para si e arrumar uma esposa para seu primo visitante. Perpassa na narrativa a polimatia das várias personagens, além de questões relacionadas com o conhecimento e *expertise* em assuntos específicos e, nesse contexto, veem-se os protagonistas submetidos continuamente a provas: disputas no jogo estratégico de xadrez, menções a leituras eruditas, conhecimento de línguas estrangeiras, vivência rural. O trecho de ocorrência do termo se encontra em um diálogo entre os primos: “Cheguei de volta em casa à noitinha. O outro, graças a Deus, já se fora. Maria Irma foi muito boazinha para mim. Incomodou-se por eu não querer jantar. Ofereceu-me compota de toranjas, e isso me pareceu peitamento. Com um esforço heroico, recusei: o doce tinha sido feito para o meu rival. Maria Irma estranha os meus modos. Pergunta se estou doente. Então, bruscamente, a interpelo:

– Por que você nunca me disse que gostava de ler, Maria Irma?!

– Pois você nunca me perguntou...

– Esse rapaz é que é o seu noivo?

– Não, não é este... E, também, noiva eu não sou, você bem sabe!

– Não fique zangada comigo, prima...

– Não estou... Mas você não deve me olhar assim... Parece que quer me fotografar...

Recuo. O que eu queria era só apertá-la nos meus braços.

– Mas, quem é então aquele rapaz, Maria Irma?

– O Ramiro? É o noivo de Armanda, amiga minha...

– E quem é Armanda, Maria Irma? É bonita? Filha de fazendeiro? Mora aqui por perto?

– É muito bonita, foi educada com parentes no Rio, já esteve na Europa, é filha de fazendeira – porque o pai já morreu –, mora no Cedro... e você é que nem um padre, para especular!

– E que vem fazer aqui o noivo, se tem uma noiva assim?

– Vem visitar-nos, quando tem de passar por aqui... Há algum mal na nossa amizade?

– E a outra sabe? Consente?

– Ela quer o que quer, e tem confiança em Ramiro, e em mim, que sou sua amiga...

– Não sou bem dessa teoria... Quando é o casamento?

– Armanda ainda não quis marcar a data...

– Ela domina o teu amigo, pelo que vejo...

– Não diga isso, primo, é absurdo!

– Maria Irma, sabe de uma coisa? Você gosta do Ramiro e o Ramiro gosta é de você. Apenas...

– Há outra coisa também, que você não sabe...
– Que é, prima?
– É que você é um imbecil, primo!" (Rosa, 2009a, p. 155).

O atributo conferido ao narrador por sua prima terá, evidentemente, os quatro significados acumulados, inclusive aquele hoje em desuso, entretanto, o significado mais comum e óbvio, ser pouco dotado de inteligência, é questionável, pois o narrador/protagonista demonstra o contrário em sua narrativa. Conclui-se, portanto, que o uso de "imbecil" parece ligar-se também ao campo semântico da "ingenuidade", ou seja, o primo de Maria Irma é um sujeito sem maldade para as coisas do amor.

INCHOU, INCHAR – Em *GSV*, em um momento de desentendimento entre Riobaldo e Diadorim causado por ciúmes mútuos, Riobaldo declara: "Ouvido meu retorcia a voz dele. Que mesmo, no fim de tanta exaltação, meu amor inchou, de empapar todas as folhagens, e eu ambicionando de pegar em Diadorim, carregar Diadorim nos meus braços, beijar, as muitas demais vezes, sempre" (Rosa, 2009b, p. 26-27). A ideia que o vocábulo expressa no trecho vai do mais cru e prosaico (meu pênis intumesceu) ao mais etéreo e sublime. Um lêmure grotesco e um diáfano no mesmo lugar. O trecho é largamente comentado em Barbosa (2022b, p. 128-130).

J

JACTO – No conto "Partida do audaz navegante", em *Primeiras estórias*, lê-se: "Mas Brejeirinha punha mão em rosto, agora ela mesma empolgada, não detendo em si o jacto de contar: – O *Aldaz Navegante, que foi descobrir os outros lugares valetudinário. Ele foi num navio, também, falcatruas. Foi de sozinho. Os lugares eram longe, e o mar. O Aldaz Navegante estava com saudade, antes, da mãe dele, dos irmãos, do pai. Ele não chorava. Ele precisava respectivo de ir. Disse*: – 'Vocês vão se esquecer muito de mim?' *O navio dele, chegou o dia de ir. O Aldaz Navegante ficou batendo o lenço branco, extrínseco, dentro do indo-se embora do navio. O navio foi saindo do perto para o longe, mas o Aldaz Navegante não dava as costas para a gente, para trás. A gente também inclusive batia os lenços brancos. Por fim, não tinha mais navio para se ver, só tinha o resto de mar. Então, um pensou e disse:* – 'Ele vai descobrir os lugares, que nós não vamos nunca descobrir...' *Então e então, outro disse*: – 'Ele vai descobrir os lugares, depois ele nunca vai voltar...' *Então, mais, outro pensou, pensou, esférico, e disse*: – 'Ele deve de ter, então, a alguma raiva de nós, dentro dele, sem saber...' Então, todos choraram, muitíssimos, e voltaram tristes para casa, para jantar..." (Rosa, 2009b, p. 477-478, grifos do autor). Por assimilação, é possível ler a palavra "jacto" com suas múltiplas possibilidades simultaneamente: "jato de contar", no sentido da rapidez, celeridade em contar algo que se sabe ou se produz; "jactância ao contar", no sentido de jactar-se, exibir com orgulho, chamar a atenção, harmonizando com a palavra "empolgação" anteriormente mencionada no mesmo trecho; *jactum/jactus/jacta*, particípio do verbo *jaciō*, -as, -are, -avi, do latim, "lançar, jogar, atirar para fora da boca a palavra". Pensando no contexto erótico do conto (cf. Barbosa, 2020, p. 83-103, quando a autora discute a importância do metaplasmo aldaz/audaz no conto rosiano), vários outros lêmures podem ser vislumbrados no campo semântico de "movimento relacionado ao lançamento", pode-se assimilar, inclusive, o efeito ejaculatório no ápice do ato sexual e associar o ato de "falar" ao ato criador da inseminação.

JÃDELÃFO, JAN-DLA-FOZ[2] – Metaplasmo de "fogo-fátuo" (tradução da expressão latina *ignis fatuus*). Segundo o *Aulete digital*, "combustão espontânea de gás emanado de substâncias vegetais e animais em estado de decomposição (ger. em cemitérios, pântanos etc.)"; sentido figurado: "falso brilho; glória, prazer de pouca duração". O mesmo significado pode ser encontrado nas expressões "fogo tolo", "fogo corredor", "boitatá" (cobra de fogo, língua tupi), "João-galafoice" e "jã de la foice", para expressar a luz azulada que pode ser avistada em pântanos e brejos. Criou-se o verbete porque ele é uma das materializações do processo do engano (das fantasmagorias) presente na obra de João Guimarães Rosa, isto é, supõe-se um significado e constata-se um embaralhamento no entendimento que, longe de ser empecilho para a compreensão, é riqueza estética e acréscimo, polimatia. "O senhor deve de ficar prevenido: esse povo diverte por demais com a baboseira, dum traque de jumento formam tufão de ventania. Por gosto de rebuliço. Querem-porque-querem inventar maravilhas glorionhas, depois eles mesmos acabam temendo e crendo. Parece que todo o mundo carece disso. Eu acho, que. Assim, olhe: tem um marimbu – um brejo matador, no Riacho Cizlá se afundou uma boiada quase inteira, que apodreceu; em noites, depois, deu para se ver, deitado a fora, se deslambendo em vento, do cafofo, e perseguindo tudo, milhão de lavareda azul, de jãdelãfo, fogo-fá. Gente que não sabia, avistaram, e endoideceram de correr fuga. Pois essa estória foi espalhada por toda a parte, viajou mais, se duvidar, do que eu ou o senhor, falavam que era sinal de castigo, que o mundo ia se acabar naquele ponto, causa de, em épocas, terem castrado um padre, ali

2 Há ainda outros metaplasmos para o termo: Jã-de-la-foice, jan-dlha-foz, jean de la foice, Jean de la foice, Jean Delafosse, embaê-tatá, fogo-fato, fogo-nado, embaatatá e emba-atalá.

perto umas vinte léguas, por via do padre não ter consentido de casar um filho com sua própria mãe. A que, até, cantigas rimaram: do Fogo-Azul-do-Fim-do-Mundo.[3] Hê, hê?..." (Rosa, 2009b, p. 49-50). A realidade, a ilusão e o medo se misturam no entendimento. O "evento" cativou o escritor, que apresenta Riobaldo a comentar o assunto uma outra vez: "Todo o mundo se fugia, do Paredão e de toda parte, suas trouxas nas costas. A quando se divisou um foguinho adiante no campo, seja que pensei: gente arranchada no ar, em caminho para lugar nenhum... Não era. Somente foguinhozinho avoável assim azulmente, que em leve vento se espalhava: fogo-fá, jan-dla-foz. O que não se achava, o que eu pensava. Eu era diferente de todos? Era. Susto disso – como me divulguei. Alaripe, o Quipes, mesmo o calado deles, sem visagens, devia de ser diverso do meu, com menos pensamentos. Era? Sei que eles deviam de sentir por outra forma o aperto dos cheiros do cerradão, ouvir desparêlhos comigo o comprido ir de tantos mil grilos campais. Isso me dava ojeriza, mas também com certo consolo – misturado" (Rosa, 2009b, p. 370).

JEITO – Palavra corrente de sentidos variados, que, em uma frase simples, no *GSV*, pode incorporar todos os significados arrolados no *Aulete digital* e no *Dicionário Houaiss da língua portuguesa*. 1. Modo, maneira específica/particular de fazer algo. 2. Aspecto, feição, feitio, aparência. 3. Caráter, modo de ser, disposição natural. 4. Único meio, solução. 5. Talento, pendor; arte, vocação. 6. Habilidade, destreza. 7. Torcedura, luxação em músculo devido a um movimento "em falso". 8. Fam. Arrumação, arranjo, emenda. 9. Movimento ou gesto rápido para comunicar alguma coisa. 10. Solução para algum problema [F.: Do lat. *jactus*. Cf. verbete anterior]. A acumulação de sentidos, evidentemente, provoca no texto rosiano insegurança, vertigem e mistério aderentes à narrativa do romance. O trecho em que podemos observar o vocábulo é: "Gostava de Diadorim, dum

3 Boitatá, cobra de fogo.

jeito condenado; nem pensava mais que gostava, mas aí sabia que já gostava em sempre. Ôi, suindara! – linda cor...” (Rosa, 2009b, p. 63). A frase exclamativa reforça o lugar do mistério convocando a suindara (coruja de penugem branca, amarela e parda com pintas pretas e face em forma de coração; encontrada em cavernas, telhados de igrejas, prédios arruinados, torres) com seu canto e hábitos domesticáveis.

K

KALÓS KÀGATHÓS – Expressão que encontramos na obra *No Urubuquaquá, no Pinhém*, mais exatamente no conto "O recado do Morro" (*Corpo de baile*). Para um leitor do português é bem possível que a frase seja opaca e valha apenas pelo som, como sugere a própria narrativa, no parágrafo que diz: "Era o que pensava seo Jujuca, molhando cerveja na boca e atendendo às perguntas do senhor Alquist. Comovido, ele pressentia que estava assistindo ao nascimento de uma dessas cantigas migradoras, que pousam no coração do povo: que as violas semeiam e os cegos vendem pelas estradas. Até ao seu Juca, seu pai, ou mesmo a um sujeito rústico braçal, como aquele Ivo, ali defronte, se embaciavam os olhos, quase de cai lágrimas. – 'Importante... Importante...' – afirmava o senhor Alquist, sisudo subitamente, desejando que lhe traduzissem o texto *digestim ac districtim* [expressão latina: de maneira concisa e rigorosa, citado por Nilce Sant'Anna Martins], para o anotar. Sem apreender embora o inteiro sentido, de fora aquele pudera perceber o profundo do bafo, da força melodiã e do sobressalto que o verso transmuz da pedra das palavras". Assim, temos no conto uma referência importante: as palavras valem por vários motivos e um deles é a sua melodia, sua sonoridade. Nesse sentido ocorre a expressão *kalòs kàgathós* – do grego, καλὸς κὰγαθός, bonito e eficiente – apregoada pelo investigador naturalista dinamarquês Sêo Alquiste e que vale pela sua estranha sonoridade mais que pelo seu significado. Ela ocorre no seguinte trecho: "'Digno! Digno! Como na saga de Hrolf filho de Helgi, Hrolf o Liberal: ainda era menino, quando Helgi morreu, e ele subiu ao trono da Dinamarca...' Referia: – 'Ah, está em Saxo Grammaticus! Ou quando o outro, Hrolf Kraki, entrou na peleja: foi como um rio estua no mar – ele simultâneo, a todo átimo pronto na espada, qual com os bífidos cascos o veado se atira... Está em Saxo Grammaticus...' E, nesse ardor, senhor Alquist limpava os óculos, e, tornando a entrar na sala o pobre do Pedrão Chãbergo, um capiau simplório, assim transvisto, sem outro destaque a não ser o da estatura – o senhor Alquist o admirava, dizia: *kalòs kàgathós*... O sertão tivesse mais uns assim" (Rosa, 2009a, p. 485-486). Alquiste é um contemplativo, se encanta com as coisas naturais e, diante da natureza, afirma: "Dá açoite de ajoelhar e rezar..." (Rosa, 2009a, p. 442), no entanto, o trecho lhe dá um contorno épico. Ana Paula Pinto (2020, p. 118) comenta a passagem: "o senhor Alquiste, impressionado com a extraordinária supremacia (física e anímica) de Pedro, no enquadramento elegante da festa do Hotel, traduz a referencialidade clássica à aristeia heróica" destinada a um Aquiles ou um Heitor, por exemplo. Assim, Alquist[4] se utiliza da fórmula antiga dos gregos. O efeito da expressão é a manifestação de seu assombro, é como se Pedrão Chãbergo viesse de um mundo passado das palavras cantadas dos aedos. Uma espécie de viagem a um mundo perdido como a que fez Schliemann que, ao encontrar em um túmulo em Micenas uma máscara de ouro, julgou ser de Agamêmnon.[5]

---

4 Rosa utiliza as duas grafias, Alquiste e Alquist. Acredita-se que ele quis recuperar a variação da vocalização das personagens.

5 Cf. Schliemann (1878, p. 296). Cf. também Moorehead (1996, p. 166-167): "Schliemann voltou para olhar mais de perto sua inaudita tumba, que, a princípio, parecia vazia. Forçou mais para baixo o solo e logo encontrou mais três corpos, bem juntos dentro das paredes internas, dispostos de leste a oeste. Dois usavam máscaras de ouro. Um ainda tinha carne grudada no crânio; isso provou ser a descoberta mais emocionante de Schliemann. 'Toda a sua carne', escreveu ele, 'foi maravilhosamente preservada sob sua pesada máscara de ouro'. Não havia vestígio de cabelo, mas ambos os olhos eram perfeitamente visíveis, também a boca, que, devido ao enorme peso que a pressionava, estava escancarada e exibia trinta e dois belos dentes'. O rosto parecia ser o de um homem de cerca de trinta e cinco anos, e ele usava um grande peitoral de ouro; folhas douradas estavam espalhadas sobre sua testa, peito e coxas, e uma máscara achatada cobria seu rosto. (...) O corpo permaneceu intacto, tendo sido posteriormente despachado, com triunfo, para Atenas, onde o torso e o crânio se encontram até hoje, nas abóbadas do Museu Nacional". [Schliemann returned for a closer look at his original tomb, which had at first seemed empty. He pushed further down into the soil and soon came across three more bodies, squeezed tightly together within the inner walls, laid out east to

KARMA – Termo registrado em Nilce Sant'Anna Martins e dicionarizado como "carma", com "c", no *Aulete digital* da seguinte maneira: "1. Fil. rel. no hinduísmo e no budismo, lei segundo a qual o homem está sujeito à causalidade moral, e portanto todas as ações, sejam elas boas ou más, geram reações correspondentes que retornam àquele que as praticou nesta vida ou em encarnações futuras e determinam o seu aperfeiçoamento ou sua regressão. 2. Em diversas seitas e religiões espiritualistas ou espíritas ocidentais, princípio da causalidade moral. [F.: Do sânscrito *karma-n*, 'ação'; 'efeito'.]". O *Dicionário Houaiss* registra este léxico também com "c" e, aos sentidos mencionados anteriormente, acrescenta: "forma sutil de matéria que, segundo o *jainismo*, se desenvolve na alma, prejudicando-lhe a pureza...". "Karma" é escrito com "k" no conto "Fatalidade", de *Primeiras estórias*: "Fatalista [= o que crê na inevitabilidade do carma?] como uma louça, o Meu Amigo. Sucedeu nesse comenos que o vieram chamar, que o homenzinho o procurava. O qual, vendo-se que caipira, ar e traje. Dava-se de entre vinte-e-muitos e trinta anos; devia de ter bem menos, portanto. Miúdo, moído. Mas concreto como uma anta, e carregado o rosto, gravado, tão submetido, o coitado; as mãos calosas, de enxadachim [associação com espadachim?]. Meu Amigo, mandando-lhe sentar e esperar, continuou, baixo, a conversa; fio que, apenas, para poder melhor observar o outro, vez a vez, com o rabo-do-olho, aprontando-lhe a avaliação. Do que disse: – 'Se o destino são componentes consecutivas – além das

---

west. Two wore gold masks. One had flesh still hanging on to the skull; this was to prove Schliemann's most exciting find. 'All its flesh', he wrote, 'had been wonderfully preserved under its ponderous golden mask'. There was no vestige of hair, but both eyes were perfectly visible, also the mouth, which, owing to the enormous weight that had pressed upon it, was wide open, and showed thirty-two beautiful teeth'. The face seemed to be that of a man of about thirty-five, and he wore a large gold breastplate; golden leaves were scattered over his forehead, chest and thighs, and a flattened mask covered his face. (...) The body stayed intact, and was later dispatched, with triumph, to Athens, where the torso and skull are to this day, in the vaults of the National Museum.]

circunstâncias gerais de pessoa, tempo e lugar... e o karma...' Ponto é que o Meu Amigo existia, muito; não se fornecia somente figura fabulável, entenda-se. O homenzinho se sentara na ponta da cadeira, os pés e joelhos juntos, segurando com as duas mãos o chapéu; tudo limpinho pobre" (Rosa, 2009, p. 438). O sumário do livro, ilustrado por Luís Jardim, nomeia os contos com faixas desenhadas e indica "Fatalidade" com uma expressão matemática: a lemniscata (∞) seguida de um revólver, um kapa grego (κ, de karma?), o símbolo "igualdade/=", dois sertanejos armados, o símbolo "subtração/-", um sertanejo armado, o símbolo "multiplicação/.", uma fração onde numerador e denominador são um sertanejo armado cada, o símbolo "soma/+", "sequência/..." e, finalmente, ♂, símbolo de marte (deus da guerra) e do masculino.[6] Como vimos na narrativa, o "karma" é um "ponto" de importância para o delegado (amigo do narrador-testemunha), que recebe em casa Centeralfe, um "homenzinho" capiau e o leva a dar um fim no "desordeiro" Herculinão Socó, que cobiçava a mulher do visitante. Na sequência da estória, vê-se que o vocábulo assume um sentido misturado. As

6 Francis Utéza, na primeira edição do *JGR Metafísica do* Grande Sertão, afirma: "Do lado da tradição oriental (...) o hinduísmo está representado por cinco obras: (...) Enfim, um volume de mais de quinhentas páginas, editado em Paris por Albin Michel em 1950, reunindo sob o título Yogas pratiques as conferências, dadas nos EUA, no último decênio do século XIX, por Swami Vivekananda, sobre o Karma-Yoga [Ioga da ação] e o Bhakti-Yoga [Ioga da devoção], acrescido da tradução do Raja-Yoga [Ioga da meditação], um dos raros textos que esse mestre do hinduísmo compôs para ser publicado" (Utéza, 1994, p. 37-38). Swami Vivekannanda (1901, p. 1), acerca do termo "karma", afirma: "A palavra Karma deriva do Sâncrito 'Kri', fazer; tudo o que é feito é Karma. Tecnicamente, esta palavra também significa os efeitos das ações. Em relação à metafísica, algumas vezes, ela indica o efeito de que as nossas ações passadas são as causas". ["The word Karma is derived from the Sanskrit 'Kri', to do; everything that is done is Karma. Technically, this word also means the effects of actions. In connection with metaphysics, it sometimes means the effect of which our past actions are the causes".]

palavras "ordem" e "desordeiro" parecem reger, segundo Centeralfe [center-half?], os motivos da ação principal: o extermínio do Socó. Um contraponto para a palavra "ordeiro" – que sai da boca do "amigo" do narrador – é a palavra "graça", tem-se, consequentemente, a palavra "desgraça" em simetria com "desordeiro". Com este par quiásmico (ordeiro/desordeiro; graça/desgraça), solve-se o sentido original do termo "karma" (causa/efeito) e cria-se um sentido contaminado com o termo cristão "graça": "Convidado a dizer-se, declinou que de nome José de Tal, mas, com perdão, por apelido Zé Centeralfe. Sentia-se que ele era um sujeito já arrumado em si; nem estava muito nervoso. Embrulhava-se a falar, por gravidade: – 'Sou homem de muita lei... Tenho um primo oficial-de-justiça... Mas não me abrange socorro... Sou muito amante da ordem...' Meu Amigo murmurou mais ou menos: – 'Não estamos debaixo da lei, mas da graça...' – cuido que citasse epístola de São Paulo; e receei que ele não simpatizasse com Zé Centeralfe" (Rosa, 2009b, p. 439).

K'MOK'WAM'MO – Expressão utilizada na crônica intitulada "Uns índios (sua fala)". A expressão é habilmente decifrada no artigo "Zero nada, zero: Uns Índios Guimarães Rosa, sua fala" de Bairon Oswaldo Vélez Escallón (2018, p. 53-73). O pesquisador revela o jogo criado por Rosa ao escrever duas expressões contíguas (uma em tereno e outra em português), ambas transcritas por suas respectivas elocuções orais, e embaralhar seus sentidos. O trecho rosiano é: "Eu fazia perguntas a um – como é isso, em língua terena? como é aquilo? – e ele se esforçava em ensinar-me; mas os outros o caçoavam: – Na-kó-i-kó? Na-kó-i-kó? (– 'Como é que vamos? Como é que vamos?' – *K'mok'wam'mo*? – quer dizer: – Como que Você se sai desta?...)" (Rosa, 2009b, p. 979). Escallón (2018, p. 63) realça o itálico na expressão como marca de transliteração do português e conclui: "Perceba-se que o narrador 'trapaceia' quanto aos critérios de notação que usa, pois o que deveria estar escrito assim: Como é que vamos? – Na-kó-i-kó? Está, de fato, traçado assim: Como é que vamos? – K'mok'wam'mo?" ou, de modo mais óbvio para o leitor, em mineirês, "c'mo q'vã'mo".

L

LAÇO, LASSO – Termo que ocorre em *GSV* em trecho de grande técnica linguística e poética. Rosa contextualiza a cena situando o leitor no campo semântico do vigor e labor, ou lavor, se preferirem. Cândido de Figueiredo (1913, p. 1175), sobre estes léxicos, afirma: "lavor m. Trabalho manual. Labor. Ext. Trabalho. Ornato em relêvo. Obra de agulha, feita por desenho (...). Lavrado. * Crystallização superficial nas salinas, que impede a evaporação e, portanto, a formação do sal. (Lat. *labor*) || lavorar v.t. Fazer lavores em; lavrar. (Lat. *laborare*)". O autor mineiro se utiliza, na narrativa de Riobaldo, do verbo "lavorar" para definir a produção do sentimento de raiva no interior de alguém; segundo ele – se nos pautamos pela indicação do dicionarista mencionado – carece delicadeza, empenho, rijeza e decisão para se "plantar ou lavorar" a raiva no interior do ser. Delimitado o contexto, o jagunço narrador passa a discorrer sobre Hermógenes, caracterizado pela forma arcaica do substantivo "inimigo", a saber, "imigo". Logo depois de se determinar o valor de Hermógenes como adversário, um dos participantes acrescenta, em relação à categorização do dito imigo, um outro substantivo, "laço", que, ao mesmo tempo, se encaixa, em sintaxe favorável, com o sentido de seu homônimo, o adjetivo "lasso" – se o receptor estiver apenas ouvindo a leitura do romance: "laço/lasso". Ocorre que o que se ouve é mais potente do que aquilo que mudo se lê. Vamos ao trecho: "Eu questionava, comigo, que eles deviam de lavorar maior raiva. Raiva tampa o espaço do medo, assim como do medo a raiva vem. Reparei isto: como nenhum não citava o nome do Hermógenes. Aí estava direito – que no imigo, em véspera, não se prosêia. Mal que um disse: – 'Ele não é laço [não é nó que desata? Ou não é lasso, frouxo?]. Não é: – é argola...' – Ou outro, que: – 'Ele adôida...' Mas os mais não glosavam. Com o que prazi. Gastura que eu tinha era só de que, a ventos vai, um fosse acrescentar: – ... Ele é pactário..." (Rosa, 2009a, p. 373). O léxico "laço" pode ser lido como nó que desata facilmente, nesse sentido, o termo acaba por ter parentesco semântico com seu homônimo. Nos provérbios, a palavra serve para compor as situações de logro: "armar o laço"; "cair no laço". Assim, o significado seria talvez "Hermógenes não cai em armadilhas", por outro lado e ao mesmo tempo, ele não é lasso, frouxo; porém, é um "degenerado". A fantasmagoria se mantém para este caráter.

LALINO – Protagonista do conto "Traços biográficos de Lalino Salãthiel ou A volta do marido pródigo", de *Sagarana*. A semelhança fonética do nome "Lalino" com o vocábulo "ladino" faz com que esses dois termos diversos se confundam no conto. Segundo o *Aulete digital*, o termo "ladino" possui os seguintes significados: astuto, esperto; escravo ou índio com alguma instrução; pilantra; "língua da família indo-europeia, grupo latino, falada por cerca de um milhão de pessoas no Leste da Suíça e Norte da Itália (...); língua falada na Europa central e meridional por judeus de origem ibérica, tb. chamada judeu-espanhol"; lalino, por sua vez, é nome de família de origem ibérica; lali- é diminutivo de "Eulálio, do grego, aquele que fala bem [cf. Woods, 1984, p. 72]", ou seja, nome criado a partir da raiz de λαλέω. As duas vertentes de significados são bem oportunas para a diversificação e

fantasiação da personagem em pauta. Deste modo, Lalino Salãthiel, "Nome de uma personagem bíblica do Antigo Testamento que significa 'aquele que foi pedido a Deus'", segundo o *Infopédia, Dicionário Porto Editora*, surge como um sefardita ou, simplesmente, um espertalhão. Mesmo na sugestão da parábola bíblica, indicada pelo próprio autor, tem-se as duas vertentes presentes, visto que o filho pródigo, como discute o teólogo Henri J. M. Nouwen (2019), tem estatuto escorregadio e oportunista.

LAVORAR – Léxico utilizado em *GSV*: "De rechêgo, coçando as caras no capim em pontas, que dava vontade de se espirrar. Só o rumor que se ouvia era o dos cavalos abocanhando. Eu tinha pressa de um final, mas o que ia mór em mim era um lavorar de paciência: talento com que eu podia ficar retardando lá, a toda a vida. Safas – que eu podia dar também um pulo, enorme, sustirado, repentemente. Vi: o que guerreia é o bicho, não é o homem. O capinzal repartia tudo diverso: o abafo do ar e o fresco de lugar de grota – frio e calor, lado dum doutro, nas finas folhas mesmo da folhagem. Mas o calor vinha subindo era pernas acima, no meu corpo: o que os meus pés, de tão quentes, suavam. E eu não enxergava o chão; mas o cheiro do lugar ali era de barro amarelo massal. Suspensos no parar, mesmo, a gente se embalançava na sela, banda para banda, na suavidade essa – conforme temperação, de que o espírito necessitava" (Rosa, 2009b, p. 358). Nilce Sant'Anna Martis (2001, p. 296) arrola outras ocorrências e muitas variações de significado, a saber: "trabalhar, lavrar, agir"; "arder (de febre)"; "luzir, cintilar"; "animar, esquentar, agitar"; "experimentar, sentir, curtir"; "'fazer lavores em', ornar". Todos os sentidos arrolados formam uma leitura coerente no trecho. Além disso, recorde-se que não é novidade a troca do /b/ por /v/ e vice-versa entre os falantes do português na vocalização deste termo; todavia o contexto de ocorrência a troca é significante. Tal como se pode ver na entrada **K'MOK'WAM'MO**, o verbo em pauta pode se tornar uma expressão aglutinada a qual, por sua vez, é também de sentido pertinente na narrativa, "lá'vô'rar", do mineirês ou, ainda "um arvorar [ostentar] de paciência".

LOBUM – Segundo o próprio Guimarães Rosa, o vocábulo, que ocorre no conto "A benfazeja", de *Primeiras estórias*, significa "catinga de lobo" e se assemelha aos termos "bodum" e "fartum" (Meyer-Clason; Rosa, 2003, p. 341). Deste modo, ele próprio revela três lêmures possíveis. Nilce Sant'Anna Martins registra duas ocorrências do termo, a que mencionamos e outra em *GSV*. Nei Leandro de Castro indica a mesma passagem de Martins em *GSV* com o significado de "semelhante a lobo": "Que a febre que eu tinha era tamanha tanta, como nunca se viu – o Alaripe depois me disse –; que no decorrer dos acessos eu tresvariava. Do que, no ouvir contado, recordei a estória dum fazendeiro, o mais maldoso, que o demônio por fim salteou, por suas ruindades: e que, endemoninhado, no quarto de sua casa, uivando lobúm, suplicava alívio do calorão, e carecia mesmo que os escravos despejassem nele latas e baldes d'água, ao constantemente, até para evitar que, de tudo devorante tão quente, não viesse e desse de pegar fogo no cômodo, de incêndios... Doidice. Em dansa de demônios, que nem não existem" (Rosa, 2009b, p. 391). No contexto de "A benfazeja", para a formação de lêmures, a escolha do cheiro do lobo para a Mula-Marmela é interessante; a Mula-Marmela, vez por outra, poderia se transformar em *lobismula*, esse seria um lêmure mais assustador, não? Recorde-se ainda que "mula" é léxico polissêmico que vai desde a fêmea do burro ao bubão venéreo, é também uma casta de abelhas, um indivíduo que faz correio de drogas, ou que trabalha demais, que é esperto; uma mulher que é amante de padre etc. (cf. *Dicionário Houaiss*). Assim o termo é profícuo para gerar espectros variados. Podemos observar o termo no trecho: "O cego Retrupé avança, fingindo-se de seguro, não dá à Mula-Marmela a ponta do bordão para segurar, ela o guia apenas com sua dianteira presença, ele segue-a pelo jeito, pelo se deslocar do ar – como em trasvôo se vão os pássaros; ou o que ele percebe à sua frente é a essência vivaz da mulher, sua sombra-da-alma, fareja-lhe o odor, o lobum?" (Rosa, 2009b, p. 486). Acrescente-se, por fim, que o vocábulo "lobum" tem parentesco sonoro com um outro, "lobuno", isto é, "de cor cinza-escuro", um elemento a mais para definir a aparência de Mula-Marmela.

LOLA-LITA, RITA-ROLA – Nome de uma das personagens do conto minimalista "Orientação", que integra *Tutaméia*. O conto descreve o relacionamento amoroso de um chinês, Yao Tsing-Lao – o narrador avisa que o nome teria sido, pelos moradores, "facilitado para Joaquim. Quim, pois": "Com Rita Rola – Lola ou Lita, conforme ele silabava, só num cacarejo de fé, luzentes os olhos de ponto-e-vírgula. Feia, de se ter pena de seu espelho. Tão feia, com fossas nasais. Mas, havido o de haver. Cheiraram-se e gostaram-se" (Rosa, 2009b, p. 619). O conto se estabelece por um processo narrativo que valoriza o metaplasmo linguístico como recurso poético para trocar as posições dos relacionamentos e formar fantasias acerca dos personagens. No caso da personagem Rita, a troca de posição das letras se dá a partir de um lambdacismo. O recurso é utilizado devido ao fato – efetivamente observado – de asiáticos chineses, ao falar português, trocarem o fonema marcado pela letra "r" ausente no mandarim, pelo "l", daí a formação de "espectros" sonoros: "Lita Lola". A ampliação de significado que vem dessas mudanças fonéticas no contexto da obra é mecanismo que ventila o texto poético, conferindo-lhe a dinamicidade, a espacialidade cultural e a fugacidade do oral. As estratégias de oralidade do português brasileiro são recuperadas e, por meio delas, projetam-se lêmures interditos, com leitura erótica e sugestões maliciosas, além de outros, com a leitura sacrificial que sugere o vocábulo "lita" ["s.f. ação de litar ou seu efeito; sacrifício, oferenda. F. lat. *Litatio*"]. Registre-se que Rosa, em carta a Harriet Onís, dá pistas de sua estima por leituras do tipo "erótico". *En passant*, ele afirma para sua tradutora: "Agora, veja que coincidência, estava lendo o *Lolita*, de Vladimir Nabokov..." (Rosa citado por Verlangieri, 1993, p. 118). Entre Rita, Rôla, Lolita, Lita, os sentidos substantivos, onomásticos, sacrificiais e obscenos avultam. O *Aulete digital*, por exemplo, informa para "Lolita": "(lo.li.ta) s.f. 1. Jovem adolescente do sexo feminino considerada bela e sedutora [F.: Do antr. Lolita, ficcion. do livro de Nabokov que leva seu nome]" e para "rola": "(ro.la) [ô] s.f. 1. Ornit. Nome comum a várias aves da fam. dos columbídeos, semelhantes a uma pomba pequena. 2. Bras. N; N.E.; MG; RJ; Tabu. O pênis". O casal, aos olhos do povo, não parecia combinar bem e, para expressar esse desajeito, o narrador resume a união desses opostos radicais do seguinte modo: eles eram como "til no i, pingo no a", "parecidos como uma rapadura e uma escada" (Rosa, 2009b, p. 620). De fato, a história acaba em separação e tristeza. Os fantasmas culturais que os atormentavam, ligados à cultura e a sacrifícios ordinários, separam-nos.

M

MAR, MAS, MAIS, MAU, MAL – Os termos são amplamente utilizados tanto no conto "Partida do audaz navegante", do livro *Primeiras estórias*, como, de resto, em toda a obra rosiana. No conto, Brejeirinha improvisa para os irmãos, num dia de chuva, uma história de amor que termina com a partida do protagonista, o "audaz navegante", e sua amada mundo afora. A narrativa corre em paralelo com a situação romântica e erótica vivida entre sua irmã Ciganinha e Zito. Percebe-se, no entanto, que Brejeirinha manifesta um "probleminha" de dicção e troca o /u/ pelo /l/ ao pronunciar a palavra "audaz" (o tema foi discutido por Barbosa, 2021, p. 245-283). O metaplasmo trabalhado no conto influencia naturalmente a percepção de outras palavras, por exemplo, esta do verbete. A palavra "mar" pode surgir igualmente como um metaplasmo comum na linguagem e tornar-se, por lambdacismo do /r/, "mal", e por vocalismo do /l/, "mau". O termo com /r/ final, evidentemente, é suscetível tanto a pronúncias variadas quanto pode ser vocalizado para enunciar palavras muito diversas no significado. Um exemplo é "mas", pronunciado como "maɹ" e que neutraliza a pronúncia, podendo levar ao entendimento de "mas", seja como conectivo que expressa adversidade, e que é encontrado em vários momentos do texto, ou como advérbio de intensidade; ele pode também ser associado ao advérbio "mal". Este último é frequente no dialeto mineiro em expressões como "vai mar" > "vai mal". Isto sem cogitar que o advérbio "mal", vocalizado, se torna, com frequência, na boca dos brasileiros, "mau". Guimarães Rosa se aproveita dessas fantasias metaplasmáticas do povo: "Estou contando ao senhor, que carece de um explicado. Pensar mal [mau? "maɹ"] é fácil, porque esta vida é embrejada. A gente vive, eu acho, é mesmo para se desiludir e desmisturar. A senvergonhice reina, tão leve e leve pertencidamente, que por primeiro não se crê no sincero sem maldade" (Rosa, 2009a, p. 96). Em outro trecho, discorrendo sobre o mal, ele afirma: "Por tudo, réis-coado, fico pensando. Gosto. Melhor, para a ideia se bem abrir, é viajando em trem-de-ferro. Pudesse, vivia para cima e para baixo, dentro dele. Informação que pergunto: mesmo no Céu, fim de fim, como é que a alma vence se esquecer de tantos sofrimentos e maldades, no recebido e no dado? A como? O senhor sabe: há coisas de medonhas demais, tem. Dor do corpo e dor da ideia marcam forte, tão forte como o todo amor e raiva de ódio. Vai, mar... De sorte que, então, olhe: o Firmiano, por apelidado Piolho-de-Cobra, se lazarou com a perna desconforme engrossada, dessa doença que não se cura; e não enxergava quase mais, constante o branquiço nos olhos, das cataratas" (Rosa, 2009a, p. 16). Assim também no conto "Partida do audaz navegante", "mar, mas, mais, mal, mau" se misturam: imensidão, adversidade e intensidade: – "O Aldaz Navegante não gostava de mar [maɹ? mau? mal? mais?]! Ele tinha assim mesmo de partir? Ele amava uma moça, magra. Mas o mar [mau?] veio, em vento, e levou o navio dele, com ele dentro, escrutínio. O Aldaz Navegante não podia nada, só o mar [mau?], danado de ao redor, preliminar. O Aldaz Navegante se lembrava muito da moça. O amor é original..." (Rosa, 2009a, p. 480). Ou também no trecho: "Brejeirinha já olhou tudo de cor. Cravou varetas de bambu, marcando pontos, para medir a água em se crescer, mudando de lugar. Porém, o fervor daquilo impunha-lhe recordações, Brejeirinha não gostando de mar: – 'O mar não tem desenho. O vento não deixa. O tamanho...' Lamentava-se de não ter trazido pão para os peixes. – 'Peixe, assim, a esta hora?' – Pele duvidava" (Rosa, 2009a, p. 479). E, ademais, nesse outro: "–'Agora, eu sei. O Aldaz Navegante não foi sozinho; pronto! Mas ele embarcou com a moça que ele amavam-se, entraram no navio, estricto. E pronto. O mar foi indo com eles, estético'" (Rosa, 2009a, p. 481). Ao fim, resta informar que o próprio Guimarães Rosa, para um contexto de *GSV* com a mesma expressão, afirma, em correspondência a Curt Meyer-Clason, o seguinte: "Acho que figura como uma espécie de interjeição poética, como se quisesse resumir tudo num apelo à IMENSIDÃO INDEFINIDA: o mar, em movimento de afastar-se, etc., mais, mais. Como se, nesse infinito, quisesse lavar, dissolver, destruir as 'coisas de medonhas demais', as 'dor do corpo e dor da idéia', liberar-se de suas fortes marcas, como as de 'todo amor/e raiva de ódio'" (Meyer-Clason; Rosa, 2003, p. 169).

MATRAGA, MAL TRAGA – Amaral (1982) relata algumas características muito próprias do dialeto caipira, por exemplo, o rotacismo do fonema /l/ em final de vocábulo, que produz palavras como "papér" e "mér" e a queda do fonema /r/, também em final de vocábulo, como acontece em "andá" e "esquecê". Ambos os processos, se aplicados ao sobrenome do personagem principal do conto "A hora e a vez de Augusto Matraga", de *Sagarana*, parecem evocar uma presença que emana da alma de nosso personagem principal, Matraga, que, na verdade e em substância, seria Estêves Matraga, aquele que o mal traga. Tal acepção parece exalar de seu sobrenome por meio da influência da pronúncia dialetal caipira no vocábulo "mal", que, primeiramente, em um processo de rotacismo, teria a pronúncia do fonema /l/ em final de palavra alterado para o fonema /r/ ou /ɹ/, sendo assim pronunciada como "mar" [cf. **MAR**]. Posteriormente, em um processo de queda do fonema /r/ final, poderia ser também o vocábulo pronunciado como "má". Vale observar este trecho: "Recorreu ao rompante: – Agora que eu principiei e já andei um caminho tão grande, ninguém não me faz virar e nem andar de-fasto! E, à noite, tomou um trago sem ser por regra, o que foi bem bom, porque ele já viajou, do acordado para o sono, montado num sonho bonito, no qual havia um Deus valentão, o mais solerte de todos os valentões, assim parecido com seu Joãozinho Bem-Bem, e que o mandava ir brigar, só para lhe experimentar a força, pois que ficava lá em-cima, sem descuido, garantindo tudo. E, assim, dormiram as coisas" (Rosa, 2009a, p. 260). Matraga seria então aquele que, talvez, sorva, carregue ou absorva o mal de um só trago. É interessante observar ainda que, no conto, o primeiro momento de fraqueza do personagem após seus seis ou seis anos e meio de conversão pela fé deu-se justamente quando resolveu tragar um cigarro, um cigarro de palha. Talvez, naquele momento, Matraga estivesse apenas retornando à sua essência. Finalmente, não se pode deixar de aludir a semelhança da vocalização de "Matraga" com "matraca" e "teriaga" que o *Infopédia*

Dicionário Porto Editora define como: "matraca. nome feminino. 1. instrumento de madeira formado de tábuas com argolas móveis que se agitam para fazer barulho; 2. arma usada em artes marciais, que consiste em dois bastões pequenos ligados numa das extremidades por uma corda ou corrente; 3. figurado chacota; apupada; 4. coloquial boca"; "teriaga. nome feminino. 1. HISTÓRIA, MEDICINA electuário de composição muito complicada que se supunha ser um antídoto eficaz contra a mordedura de animais venenosos; teríaca, triaga; 2. figurado: substância muito amarga; 3. figurado: mezinha; panaceia; 4. figurado: recurso; auxílio". Todos os significados arrolados cabem no contexto da narrativa.

MORIMBUNDO – Termo localizado no conto "Os chapéus transeuntes", na obra *Estas estórias* [cf. **APALAÇADA**]. "Sombrio condizia com a meia-fachada da casa apalaçada – a metade desta casa, por irrisório feito dividida da outra metade – e de janelas betumadas tão espaventosamente. Saberia e guardava consigo os somenos segredos do fecundo mas baldado [cf. **RIOBALDO**] casal – Vovô Barão, morimbundo [metaplasmo de moribundo?], e Vovó Olegária, falecida" (Rosa, 2009b, p. 729). A expressão "morimbundo" é inusitada. O termo esperado seria "moribundo", que, segundo o *Aulete digital*, significa: "Que está agonizando, morrendo"; "Que é próprio de quem está morrendo"; "Enfraquecido, sem energia"; "Que perdeu o viço, que está murchando"; "Que está prestes a extinguir-se"; "Pessoa que está agonizante ou para morrer. [F.: Do lat. *moribundus*]". O sentido é bastante adequado para o contexto da estória. No entanto, Rosa, ao usar um metaplasmo com epêntese eufônica de /m/, forma simultaneamente duas expressões novas, "*mor in bundo*" [mormente inserido em bundo], onde "bundo" é a denominação de indivíduo do povo banto de Angola e "*mo' rimbondo*" [mais (semelhante) a vespa-imbondo/maribondo]. Essas formas de leitura se encaixam como luva no conto que se desenvolve sobre uma polêmica atroz: cumprir ou não o último desejo de vovô Barão [moribundo e semelhante aos marimbondos] de ser enterrado no cemitério dos pretos, dos Quimbondos [segundo a grafia rosiana]. O casal protagonista – "Vovó Olegária alva de antanhas neves" e Vovô Barão, "animal exorbitante", "vozeirão", "cinzentas olheiras" – viveu às turras e acabou separado por uma parede que dividia o casarão. O metaplasmo do verbete, na verdade, vem como uma chave de leitura: a polêmica criada na família talvez esteja no último desejo do agonizante de assumir-se como pertencente ao povo quimbundo.

N

NA VAGAÇÃO – O termo é empregado pelo narrador no conto "A terceira margem do rio", de *Primeiras estórias*. Expressa a ação ou efeito de tornar vago: vagar + ação = vagação. No trecho, podemos verificar outros significados da palavra: "Eu fiquei aqui, de resto. Eu nunca podia querer me casar. Eu permaneci, com as bagagens da vida. Nosso pai carecia de mim, eu sei – na vagação [navegação? inquietação?], no rio no ermo – sem dar razão de seu feito" (Rosa, 2009b, p. 423). O termo revela [a vaga ação] do rio e reforça a vaga ação de "eu permaneci". Podemos verificar a similitude fonética da palavra com o vocábulo "navegação", que permite alargar a problemática narrada no conto. De forma figurada, vagação ou vagueação refere-se à inquietação do pensamento, na desatenção, na falta de concentração sobre qualquer objeto. Some-se o fato de o verbo "vagar" ser polissêmico. No *Infopédia Dicionário Porto Editora* temos: "deixar ou ficar vago; deixar ou estar livre ou desocupado", "1. (tempo) sobrar (a); 2. entregar-se (a); dedicar-se (a) (...) 1. andar sem destino, vaguear, errar; 2. espalhar-se; circular; 3. mexer-se pela força das ondas, do vento". Assim a frase comporta os diferentes sentidos do termo: Nosso pai carecia de mim, eu sei – no ócio, na sobra de tempo, na dedicação, na errância, na circulação, no ficar ao sabor das ondas, no rio no ermo – sem dar razão de seu feito.

NONADA, NO NADA – Em "*GSV* (2009b, p. 7) a narrativa começa com esta palavra seguida de ponto: 'Nonada. Tiros que o senhor ouviu foram de briga de homem não, Deus esteja.' O termo de abertura vem absoluto, pleno, total, sem mistura, sem acessórios, sem regentes, sem subordinados e expressa – exatamente – o seu contrário: limite, vazio, incerteza, 'noves fora'" (Barbosa, 2022b, p. 31, nota 22). A ocorrência do termo em *GSV* oculta uma enorme tradição por detrás – e neste glossário mínimo não vamos discuti-la, pois para isso seria necessário um volume inteiro – que reforça a versão de que Rosa tenha bebido de muitas fontes para resgatá-la. De fato, "nonada" é, para Rosa, cremos, somente ficção orquestrada que nada tem a ver com o "nada prático vivencial" que se prega na tradição mística apofática (Dioniso Areopagita) que o vocábulo carrega (*Qohelet/Eclesiastes*, Teresa de Ávila, João da Cruz são exemplos). (Grandes teóricos discutiram o termo: Sperber, 1982, p. 72; Araújo, 1996, p. 337; Utéza, 2016, p. 27; Martins, 2001, p. 354; Hansen, 2012, p. 123, entre tantos). Ao comentar o título de *Tutameia*, livro-chave, como se sabe, para a interpretação do *corpus* rosiano, Rónai escreve: "Como entender o título do livro? No *Pequeno dicionário brasileiro da língua portuguesa* encontramos tuta-e-meia definida por Mestre Aurélio como 'ninharia, quase nada, preço vil, pouco dinheiro'. Numa glosa da coletânea o próprio contista [Guimarães Rosa] confirma a identidade dos dois termos, juntando-lhe outros equivalentes pitorescos, tais como 'nonada, baga, ninha, inânias, ossos de borboletas, quiquiriqui, mexinflório, chorumela, nica'. Atribuiria ele realmente tão pouco valor ao volume? ou terá adotado a fórmula como antífrase carinhosa e, talvez, até supersticiosa? Inclino-me para esta última suposição. Em conversa comigo (numa daquelas conversas esfuziantes, estonteantes, enriquecedoras e provocadoras que tanta falta me hão de fazer pela vida fora), deixando de lado o recato da despretensão, ele me segredou que dava a maior importância a este livro, surgido em seu espírito como todo perfeito não obstante o que os contos necessariamente tivessem de fragmentário" (Rónai, 1976, p. 193-194). Em relação, novamente, ao termo de abertura do *GSV*, vamos apenas apontá-lo como um dos grandes lêmures presentes na obra do escritor mineiro, os quais desestabilizam favoravelmente a narrativa, levando o leitor para planos voláteis, sutis ou etéreos. O termo nonada iniciando o livro, da forma como o avaliamos, além de toda a bagagem semântica, é recurso dramático para prender o leitor, ou o ouvinte, na sensação de um abismo de sentido, de uma ignorância acerca da existência. A assunção das trevas místicas da ignorância (cf. Anônimo do século XIV, 2013), não obstante, a prática (na escritura propriamente dita) de uma riqueza de possibilidades, acaba por exaurir a investigação na sensação de vertigem e obscurecimento absoluto.

O

OBRAR – Ocorrência em *Tutaméia*, especificamente no conto "Como ataca a sucuri". O verbo "obrar" é polissêmico. O dicionário *Aulete digital* arrola os seguintes significados: "1. Trabalhar, realizar uma obra, ter uma profissão (...) 2. Proceder no sentido de; atuar (...) 3. Realizar por meio de uma ação (...) 4. Fabricar, construir (...) 5. Armar uma trama, um crime (...) 6. Pop. Evacuar, defecar (...) 7. Fazer efeito, curar (...) 8. Ter influência, exercer autoridade (...) 9. Pop. Ficar sujo de material fecal". Com tantos desdobramentos, o termo tem grande potência para produzir lêmures. O que espanta, no entanto, é que a maneira como foi usado no excerto escolhido é capaz de absorver todos estes significados sem prejuízo de leitura, pois o contexto com termos afins à matéria fecal (marimbu, sujo, brejão...) permite a múltipla leitura. Observe-se: "E aquele nem estranhava o sujo brejão, marimbu de obrar medo [produzir medo; provocar; "fazer cagar de" medo, "de dobrar medo" etc.]. Sozinho chegara, na véspera, a cavalo, puxado à-destra o burro cargueiro; tinha ror de canastras e caixas, disparate de trens, quilos de dinheiro, quem sabe, até ouro. Falava que seus camaradas também ainda vinham vir? Quê! Sem companheiro nenhum, parava era todo perdido, cá, nas santas lonjuras, fora de termo" (Rosa, 2009a, p. 552).

OBRIGAÇÃO – Ocorre em *Manuelzão e Miguilim*, em "Campo Geral" (*Corpo de baile*). Miguilim deve ultrapassar um mato alto para fazer chegar a refeição até o pai que cuidava da roça. "De daí, Miguilim tinha de traspassar um pedaço de mato. Não curtia medo, se estava tão perto de casa. Assim o mês era só meios de novembro, mas por si pulavam caindo no chão as frutinhas da gameleira. O joá-bravo em roxo florescia – seus lenços roxos, fuxicados. E ali nem tinha tamanduá nenhum, tamanduá reside nas grotas, gostam de lugar onde tem taboca, tamanduá arranha muito a casca das árvores. A bem que estúrdio ele tamanduá é, tem um ronco que é arquejo, parece de porco barrão, um arquejo soluçado. Miguilim tinha medo, mas medo nenhum, nenhum, não devia de. Miguilim saía do mato, destemido. Adiante, uma maria-faceira em cima do vôo assoviava – ia ver as águas das lagoas. O curiol ainda recantava, em mesmo, na primeirinha árvore perto do mato. Miguilim não virava a cara para espiar, faltava prazo. Os passarinhos são assim, de propósito: bonitos não sendo da gente. E pra não se ter medo de tudo, carecia de se ter uma obrigação. Aí ele andava mais ligeiro, instantinho só, chegava na rocinha. O pai estava lá, capinando, um sol batia na enxada, relumiava. Pai estava suado, gostava de ver Miguilim chegando com a comida do almoço. Tudo estava direitim direito, Pai não ralhava" (Rosa, 2009a, p. 311). O termo "obrigação" possui sentido múltiplo: "imposição, preceito"; "dever, compromisso"; "benefício, favor"; "ofício"; "serviço"; "festa religiosa"; "família"; "debênture/título de crédito" (cf. Holanda, 1975, p. 987). Pelo trecho, vê-se claramente que "obrigação" tanto absorve o sentido de imposição quanto aqueloutro de "serviço, compromisso, crédito...". O *Dicionário Aurélio*, em outra entrada, "tamanduá", vocábulo que ocorre três vezes na passagem, auxilia na revelação dos lêmures de Rosa. "Tamanduá" tem também o significado de "questão moral difícil de resolver", "grande mentira, maranhão, carapetão" (cf. Holanda, 1975, p. 1350). Temos que o relato se passa em meados de novembro, no mato costumava aparecer tamanduás (carapetões), Miguelim carecia de ter obrigação (de ter família e, igualmente, carecia de família), da simpatia do pai, do dever de filho etc. Mas a sensação de paz convive com a de medo e com a alegria da superação. Estamos diante de lêmures bons, *di manes*.

OUVIDAS – O termo aparece no conto "Substância", de *Primeiras estórias* e é utilizado pelo narrador quando o personagem Sionésio se declara para Maria Exita: "Mas, de repente, ele se estremeceu daquelas ouvidas [olvidas?] palavras..." (Rosa, 2009b, p. 506). Depois de deixar-se tomar pelo êxtase da paixão, Sionésio começa a ponderar sobre o que tinha declarado para Maria Exita, como se escutasse, pela segunda vez, o que já tinha dito e, desta maneira, reconsidera. No entanto, sabemos como em espanhol a letra "u" corresponde ao fonema /l/ e, por isso, podemos ler "olvidas", 2ª pessoa do verbo "olvidar/ alvidar" (esquecer, perder a memória), ao invés de "ouvidas", particípio passado do verbo "ouvir". Nesse sentido, o enlevo da paixão faz com que Sionésio se esqueça e, por isso, é necessário parar e ponderar.

ORA, Ô – Cf. **PRECIPITADO**.

P

PACTO, PAUTO, PAUTA – A expressão é utilizada por Riobaldo no *GSV* para se referir ao "pacto" praticado por Hermógenes: "– João Goanhá me esclareceu: O 'Hermógenes fez o pauto [pacto, pauta]. É o demônio rabudo quem pune por ele...' Nisso todos acreditavam. Pela fraqueza do meu medo e pela força do meu ódio, acho que eu fui o primeiro que cri" (Rosa, 2009b, p. 44). Dicionarizado, temos, para o termo, os significados: "1. Acordo, compromisso entre pessoas, grupos ou países, de agir de determinado modo, ou de colaborar: pacto de não-agressão/de ajuda mútua; 2. Qualquer acordo, ajuste ou contrato, ou o documento que o registra; PAUTA; 3. Constituição política pela qual se regem certos Estados confederados" (*Aulete digital*). Ao utilizar o metaplasmo "pauto" (hápax no *GSV*) em lugar de "pacto", Rosa projeta um primeiro lêmure: a venda da alma em troca do sucesso em vida talvez pudesse ser mera "guia de escrita" no romance. O verbo "pautar", por sua vez, polissêmico, abrange tanto o mundo musical quanto o da escrita; se estamos num mundo da oralidade (o que indica o uso do metaplasmo), "pautar" aponta para o contrário de "mera" escrita ficcionalizada, assim instaura-se a indecisão e o motivo da frase "eu fui o primeiro que cri", pois pauta é registro, é certeza, controle, fixação. O jogo da certeza X incerteza (aparição e desaparição) fica mais claro ainda na seguinte passagem: "Eu penso é assim, na paridade. O demônio na rua... Viver é muito perigoso; e não é não. Nem sei explicar estas coisas. Um sentir é o do sentente, mas outro é o do sentidor. O que eu quero, é na palma da minha mão. Igual aquela pedra que eu trouxe do Jequitinhonha. Ah, pacto não houve. Pacto? Imagine o senhor que eu fosse sacerdote, e um dia tivesse de ouvir os horrores do Hermógenes em confissão. O pacto de um morrer em vez do outro – e o de um viver em vez do outro, então?! Arrenego. E se eu quiser fazer outro pacto, com Deus mesmo – posso? – então não desmancha na rás tudo o que em antes se passou?" (Rosa, 2009b, p. 203).

PAÍS – Essa palavra, oriunda do francês, *pays*, pode se referir, segundo o *Aulete digital*, tanto a uma "região, terra, território" qualquer – em geral rural, uma vez que *paysan* refere-se àquele que é nascido ou criado no campo –, como também pode designar, de acordo com Nilce Sant'Anna Martins (2001, p. 366), uma "raça, casta, espécie, qualidade". O verbete foi registrado pelo fato de o termo, nas mãos de Guimarães Rosa, inúmeras vezes abranger os dois sentidos a um só tempo, provocando no leitor a sensação de confusão e variedade no romance *GSV*, sertão-país. Na obra em foco, temos duas ocorrências em dois contextos diferentes: a primeira, no começo da narrativa de Riobaldo: "Ah, eu sei que não é possível. Não me assente o senhor por beócio. Uma coisa é pôr ideias arranjadas, outra é lidar com país de pessoas, de carne e sangue, de mil-e-tantas misérias... Tanta gente – dá susto se saber – e nenhum se sossega: todos nascendo, crescendo, se casando, querendo colocação de emprego, comida, saúde, riqueza, ser importante, querendo chuva e negócios bons..." (Rosa, 2009b, p. 12); a segunda, quando é narrado que Riobaldo, Reinaldo e seus companheiros transportam uma carga de armas pelo sertão adentro, com o objetivo de fazê-las chegar às mãos de Joca Ramiro: "As turmas de cavaleiros de Zé Bebelo campeavam naquele país, caçando gente, sopitando, vigiando. Do povo morador, não faltava quem, desconfiando de nós, mandasse a eles envio de denúncia, pois todos queriam aproveitar a ocasião para se acabar com os jagunços, para sempre" (Rosa, 2009b, p. 99). Na primeira ocorrência, o autor define claramente: não se pretende tomar o termo como "organização territorial ou política", mas como "diversidade" de interesses. Na segunda ocorrência, tem-se um, como descreve o *Dicionário Houaiss*: "território habitado por uma coletividade, e que constitui uma realidade histórica e geográfica com designação própria" em sinonímia com "nação", palavra que, em uma de suas acepções, equivale ao "agrupamento de seres, geralmente fixos num território, ligados por origem, tradições e lembranças, costumes, cultura, interesses e aspirações e, em geral, por uma língua"; é possível ler no trecho o sertão para além do regionalismo, com tamanha identidade que lhe permitiria arrogar a ele o status de país.

E, de um modo equivalente, é possível ler o *GSV* como uma obra que extrapola o regional. Contudo, ao extrapolar, o romance não delimita um país com uma só língua e tradição, pois, posto que trata de afetos de alcance universal, vai além de um país, beira mesmo o cosmo. A acepção jurídica do verbete, tal qual está no *Dicionário Houaiss*, pode ajudar no impasse: país é o "conjunto formado de povo e território, não chegando a constituir um Estado ['nação politicamente organizada'], por lhe faltar soberania ou governo independente"; ao passo que seu sinônimo, "nação", vem a ser "o povo de um território organizado politicamente sob um único governo". Sob essa ótica – e valendo-nos da autonomia muito própria à literatura – podemos nos perguntar: qual é o país do *GSV*? A rigor, nenhum ou um; ou, dando asas à imaginação, dois ou três! Isso porque, em termos jurídicos, se as duas forças opostas do romance atuam à margem da lei, fazendo suas próprias leis – o que vale tanto para os jagunços quanto para a força armada privada que busca aniquilá-los –, ambas são fora da lei: quadrilha, uma; milícia armada, outra. Nesse caso, o que temos é um país em convulsão social, no qual a lei não é obedecida e as forças públicas de segurança se mostram débeis para garantir que se estabeleça uma "pessoa jurídica formada pelo conjunto dos indivíduos regidos pela mesma constituição, distinta desses indivíduos, e titular da soberania". Por outro lado, se considerarmos a pessoalidade como referência dos valores e fonte da qual emana a lei, o *GSV* apresenta mais dois países: o de Joca Ramiro e seus jagunços, e o de Zé Bebelo e seu "exército". O que resta mais importante para este glossário mínimo, no entanto, é perceber que a narrativa se passa num espectro literário onírico que abrange o local, o nacional e o cósmico a um só tempo.

PARABELUM – No conto "Luas-de-mel", que integra o volume de *Primeiras estórias*, observa-se a seguinte passagem: "Seguro que de noite chegavam, sagazes. – 'Ah, minha velha, vamos tocar rabecas...' – gracejei, limpando a parabélum. Sa-Maria Andreza, boa companheira, só disse, abanando os topes: – 'Aroeira de mato virgem não alisa...' Peguei na mão dela, meio afetuoso. Repensei em todas as minhas armas. Ai, ai, a longe mocidade" (Rosa, 2009b, p. 471). Nilce Sant'Anna Martins (2001, p. 370) registra o termo que ocorre também no conto "Duelo", em *Sagarana*, e também em *GSV*. Parabellum ou parabelo, se aportuguesado, é uma mera designação de armas. No conto selecionado, que narra a história do romance entre dois jovens fugitivos acolhidos por um casal de meia idade, o sentido literal da palavra – "pistola automática de grande calibre, originalmente fabricada na Alemanha" (*Dicionário Houaiss*) – vem, na boca do anfitrião do casal, Joaquim Norberto, recheado de referências amorosas. Entretanto, dentre tantos modelos de armas, a escolha não deve ser considerada arbitrária por Rosa: no latim, a expressão "para bellum", composta pelo imperativo do verbo *paro -are*, no sentido de preparar-se somado ao substantivo *bellum*, guerra, significa "prepare-se para a guerra". *Bellum*, por si só, tem outro significado: é adjetivo para o que é belo. Neste caso, pesa o gênero e a declinação, um é neutro (*bellum*) o outro é triforme (*bellus*, *bella*, *bellum*). No cenário, os donos da fazenda, de fato, se preparam para uma possível retaliação do pai da noiva "roubada", uma guerra pela honra, mas não só isso: o amor dos jovens desperta o desejo adormecido do casal. É possível pensar, portanto, na preparação para algo belo que possa surgir entre marido e mulher "aposentados". A escolha das armas tem uma conotação claramente sexual ao longo da produção, portanto, o uso da arma pode indicar a possibilidade do ato entre o casal idoso. Fantasias bem-vindas para Sa-Maria Andreza, que transforma a visão do marido limpando a parabélum em boas aparições. Recorde-se ainda o ditado que vem na sequência e a menção à aroeira, se levamos em conta a informação do *Dicionário de Botânica Brasileira*, de Joaquim de Almeida Pinto, a saber: "O lenho d'esta arvore é de uma rigidez férrea; enterrada tem uma duração admirável, é empregada nas construcções e edificações campestres; tem-se achado em edifícios seculares a Aroeira ainda perfeitíssima" (Pinto, 1873, p. 49).

PENSADO – Aparece em "Barra da vaca", na obra *Tutaméia*. "Mulher e filhos, tal ditos [cf. **TAL DITOS**], contra ele achados em birba de malícias, e querendo-o morto, que o odiavam. Sumiu-se de lá, então, em fúria, pensado [ter refletido; ter se curado?]. Deixara-lhes tudo, a desdém, aos da medonha ingratidão. Só pegara o que vale, saco e dobros do diário, as armas. Saía ao desafio com o mundo, carecia mais do afeto de ninguém. Invés. Preferia ser o desconhecido somenos. Quanta tristeza, quanta velhacaria..." (Rosa, 2009b, p. 549). O verbo "pensar" é prolífero para a criação de lêmures devido aos seus múltiplos significados e à sua homonímia. Segundo o *Aulete digital*, dos muitos sentidos, podemos citar os seguintes: "1. Elaborar ideias ou raciocínios; MEDITAR; REFLETIR. (...) 2. Ter como intenção; COGITAR; TENCIONAR. (...) 3. Procurar lembrar-se, recordar-se. (...) 4. Preocupar-se com. (...) 5. Julgar, supor. (...) 6. Formar imagem mental de; IMAGINAR; PREVER. (...) 7. Aplicar um penso; fazer um curativo em. (...) 9. Tratar convenientemente ou cuidar". De fato, na estória, Jeremoavo chega doente e doído num povoado. Ele é tratado (remediado e pensado) e depois abandonado com suas posses do outro lado do rio. Ao fim do conto: forasteiro doído e doente é abandonado pelo povo do lugar. A estória de sua vida anterior com a família se repete, o fantasma do passado o persegue.

PIRLIMPSIQUICE – Do conto com o mesmo nome, em *Primeiras estórias*. "De nome enigmático e de fantasmagoria fecunda, o título 'Pirlimpsiquice', *grosso modo*, tem duas metades contíguas: uma evoca a leveza pueril do pirlimpimpim lobatiano teletransportante; a outra, 'psiquice', leva tanto para o campo semântico vital quanto para a esquisitice doentia e psicótica. Trata-se, no entanto, de um título sonoro e agradável; ainda que hermético, sugere aberturas. A sílaba inicial, 'pir', remete para 'fogo' a partir do radical grego πῦρ; por meio dele, talvez pudéssemos expectar assistir na narrativa a um acendimento ou aquecimento qualquer; há simultaneamente um direcionamento para o radical λαμπ-, de λαμπάς, instaurando o contexto de 'iluminação'. O mesmo radical grego, com alternâncias vocálicas e troca consonantal, soa λιμνή e significa 'água estagnada, sem movimento, lago, poço', o que pode sugerir um mergulho do fogo no poço, um fogo-apagou. Tudo isso apenas na primeira metade do termo. A outra metade é mais evidente: o conhecido radical ψυχή significa 'vida', 'alma', 'sopro' e, também, 'borboleta'. Além disso, a palavra termina com a marca de abstração do sufixo formador de substantivo -ice/ -ική. Acaso o nome teria o significado de 'fogo brilhante na alma'? ou 'borboleta de fogo mergulhada no poço'? Esta última interpretação apoia-se em um argumento forte. Ela se vincula a uma alegoria que, à época de Monteiro Lobato e em determinado círculo poético, de tão usual virou jargão" (Barbosa, 2024, p. 134).

PRECIPITADO – Ocorre em "Zingaresca". Note-se que o vocábulo será mais rapidamente entendido se visto em conjunto com o conto "Antiperipléia"; ambos, "Zingaresca" e "Antiperipléia", narrativas de *Tutaméia*. "E que quais vinham lá aqueles dois: o cego, pernas estreitas de andar, com uma cruz grande às costas; o guia – rebuço de menino corcunda, feio como um caju e sua castanha. – Menino é a mãe! – ele contestou, era muito representado. Era o anão Dinhinhão. Retornava para sertões, comum que o dinheiro corre é nas cidades? Dizendo que por vontade própria o cego carregava a cruz: – Penitências nossas... – se assoviava. – Pois dizem que matei um homem, precipitado... – ora, ô. Ele? porque cego nasceu, com culpas encarnadas" (Rosa, 2009b, p. 686). A estrutura sintática do termo deixa o leitor indeciso: "matei um homem jogando-o no precipício" ou "precipitado, eu matei um homem", o fantasma da culpa permanece em todo o conto. Outro lêmure, incerto e oculto no trecho, pode surgir da expressão "ora, ô" que numa primeira instância remete para o vocábulo "orago" ["orago", no sentido de presságio ou também para a expressão ora *go* = ora, vamos!].

Q

QUEM DE SI DE SER, QUEM DECIDE SER, QUEM DE SI DISSER – Expressão que aparece em *GSV* e possui estatuto ambíguo, que deixa em suspenso os sentidos escritos (quem de si de ser) e vocalizados (quem decide ser) e estabelece uma fantasmagoria acerca da vocação jagunça, se é da própria natureza ou decorre de decisão. "Se eu pudesse esquecer tantos nomes... Não sou amansador de cavalos! E, mesmo, quem de si de ser [quem decide ser] jagunço se entrete, já é por alguma competência entrante do demônio. Será não? Será?" (Rosa, 2009b, p. 8). A jagunçagem é temática muito trabalhada por Guimarães Rosa. Em *GSV*, Riobaldo se debruça sobre esse tópico, interpelando-se se o jagunço seria alguém que está para entrar ou começar alguma relação com o demônio, e diz mais: "quem de si de ser jagunço se entrete". A construção utilizada evoca a possibilidade de um lêmure sintático que nos permite outra interpretação, que dá para a jagunçagem um traço judicativo, quase como um pacto acordado. No entanto, este lêmure nos traz mais perguntas do que respostas para tal questionamento: afinal, ser jagunço seria uma condição inerente à "pessoa jagunço", ou seria o resultado de uma decisão pessoal (quem decide ser) e, quiçá, também, a assunção pessoal pela palavra ao dizer-se um nascido jagunço.

QUIRIRI – Assim o escritor discorre sobre o termo: "O 'quiriri', do texto original [o conto de "Duelo", de *Sagarana*, cf. Rosa, 2009a, p. 118], é palavra índia, cheia de superstição, de 'coisa cósmica', de magia primitiva, de animismo, de sentido 'pânico'. A floresta é sentida como um enorme animal, que fala tão alto, ou tão grave, que os ouvidos da gente não lhe captam as vozes; um animal enorme que ressona mudamente. É um silêncio que assusta, como passa prestes a rebentar em rugidos e trovão. Daí, não servir de maneira alguma o IN QUIET PEACE, nem o THAT WAS ALMOST AUDIBLE. Pergunto, pois, e peço: seria possível – ainda que, no caso, fique meio forçado o espírito idiomático da língua inglesa – seria possível deixarmos: IN THE DISTANCE, THE FOREST SLUMBERED ALARMLESS, IN AN ALMOST SONONANT SILENCE – ? (Acho importante que o final da frase seja: ... resonant silence –, pela bela aliteração, que joga, inconscientemente, o leitor para diante, para o mistério.) (Deve ter notado que, em meus livros, eu faço, ou procuro fazer isso, permanentemente, constantemente, com o português: chocar, 'estranhar' o leitor, não deixar que ele repouse na bengala dos lugares-comuns, das expressões domesticadas e acostumadas; obrigá-lo a sentir a frase meio exótica, uma 'novidade' nas palavras, na sintaxe. Pode parecer *crazzy* (sic) de minha parte, mas quero que o leitor tenha de enfrentar um pouco o texto, como a um animal bravo e vivo. O que eu gostaria era de falar tanto ao inconsciente quanto à mente consciente do leitor. Mas, me perdoe)" (Rosa citado por Verlangieri, 1993, p. 100). No léxico de Guimarães Rosa, Martins oferece, além de "quiriri", uma entrada para o verbo "quiriquitar", "gritar" (Martins, 2001, p. 408), Nei Leandro de Castro (1982, p. 154) também. As duas palavras parecem compor uma espécie de par contraditório, "quiriquitar" seria por semelhança sonora o antônimo de "quiriri", de modo que, ao se dizer uma, abrimos espaço para que venha sobrepairar a outra; nas sonoridades do ar o oximoro "o silêncio grita".

QUITE, QUASE QUITE, QUASE KITSCH – Retiramos do conto "Darandina", de *Primeiras estórias*, o termo que se apresenta neste verbete. Podemos citar Luiz Cláudio Vieira de Oliveira (2001, p. 87): "Guimarães Rosa, em 'Darandina', trabalha mais com o significante que com o significado. A história é a de um cidadão que, enlouquecido, sobe a uma palmeira e, lá em cima, ante os médicos de um manicômio e a multidão, recupera de súbito a razão. Até que isso ocorra, o louco alcandorado põe em xeque os limites entre a razão e a loucura". O "quase" é, portanto, termo-chave para entender o "quite", ou seja, o extremo limite das coisas enfrenta o exato limite das coisas. O trecho em que o vocábulo ocorre é este: "Isto é, o homem, o prócer, protestou. – 'Pára!...' Gesticulou que ia protestar mais. – 'Só morto me arriam, me apeiam!' – e não à-toa, augural, tinha ele o verbo bem adestrado. Hesitou-se, de cá para cá, hesitávamos. – 'Se vierem, me vou, eu... Eu me vomito daqui!...' – pronunciou. Declamara em demorado, quase quite eufórico, enquanto que nas viçosas palmas se retouçando, desvárias vezes a menear-se, oscilante por um fio. À coaxa acrescentou: – 'Cão que ladra, não é mudo...' – e já que só faltava mesmo o triz, para passar-se do aviso à lástima. Parecia prender-se apenas pelos joelhos, a qualquer simples e insuportável finura: sua palma, sua alma. Ah... e quase, quasinho... quasezinho, quase... Era de horrir-me o pêlo. Nanja. – 'É de circo...' – alguém sus sussurrou-me, o dr. Enéias ou Sandoval. O homem tudo podia, a gente sem certeza disso. Seja se com simulagens e fictâncias? Seja se capaz de elidir-se, largar-se e se levar do diabo. No finório, descabelado propósito, perpendurou-se um pouco mais, resoluto rematado. A morte tocando, paralela conosco – seu tênue tambor taquigráfico" (Rosa, 2009b, p. 496). Na expressão utilizada, "quase" e "quite" são termos polissêmicos. "Quase" é "perto de"; "pouco menos que"; "prestes a"; "quite", particípio irregular de "quitar", é "saldar as contas"; "livrar-se", "desembaraçar-se", "igualar", "pagar"; "separar" (cf. Holanda, 1975, p. 1167-1177). Se lemos o vocábulo pensando na língua inglesa, *quite* pode significar "completamente"; com /t/ mudo, deparamos com o verbo *quit*, que significa "desistir, abandonar"; se tomamos o vocábulo de origem alemã, *kitsch*, ganha-se a noção de "melodramático, patético, ridículo, exagerado", o que corresponderia ao interessante "quase ridículo eufórico". Observe-se, por conseguinte, a riqueza da expressão "quase quite" poderia ser: 1. perto de: desistir, saldar as contas, livrar-se, soltar-se; 2. pouco menos para desistir, saldar as contas, livrar-se, soltar-se; 3. prestes a desistir, saldar as contas, livrar-se, soltar-se, desquitar-se, apagar-se, pagar. Expressão de sentido incerto, rica, plena de possibilidades, sem mesmo adentrar na ideia de lê-la no fluxo contínuo "quase que teofórico" [do *Dicionário Priberam*: teóforo/teofórico (teo- + -foro) "Diz-se de ou nome que é formado ou derivado do nome de uma divindade"] = Declamara demorado, quase divino.

R

RE-CHEIO – O termo aparecem na obra *GSV*, quando Riobaldo segue Diadorim – a quem ele ainda chamava Reinaldo – e outros jagunços integrantes do bando de Joca Ramiro no transporte de uma carga de armas, juntos, durante uma parada em uma coroa do Rio das Velhas, eles ficam de vigia. Ali, começa a construir-se uma intimidade que terá continuidade em vários passeios: "O rio, objeto assim a gente observou, com uma crôa de areia amarela, e uma praia larga: manhãzando, ali estava re-cheio [recheio?] em instância de pássaros. O Reinaldo mesmo chamou a minha atenção" (Rosa, 2009b, p. 94). O termo é registrado n'*O léxico de Guimarães Rosa* (Martins, 2001, p. 416), sendo mencionado no conto "São Marcos", de *Sagarana*, na acepção de "mobiliário", e em *Universo e vocabulário do Grande sertão* (Castro, 1982, p. 158), como "muito cheio" ("re-" como prefixo de reforço), citando a passagem aqui selecionada.O contexto: naquele baixio junto à margem do rio, depósito de cascalho, areia e argila resultante da erosão provocada por enchentes ou enxurradas, a cada manhã, de forma reiterada, ali se reuniam os pássaros, tornando aquele espaço, mais uma vez, cheio, daí, re-cheio. Nessa mesma rotina, as aves se tornavam o conteúdo que ocupava o espaço daquele minúsculo continente fluvial; elas eram a recheadura. Em sentido figurado, o "recheio" significa também a "quantidade de palavras desnecessárias usadas para aumentar um discurso" (*Aulete digital*). Ora, a cena descrita foi observada por ambos, Riobaldo e Reinaldo, e a troca de impressões acerca do que viram e vivenciavam passou a fazer parte do conteúdo dos laços afetivos entre eles, assim como o que um aprende com o outro. A aparente falta de necessidade, nesta cena, aponta, ainda, para seu caráter estético: apreciar o belo é algo que tem caráter universal, posto que acessível a qualquer pessoa, porém não se atrela à utilidade, não visa a fins úteis. "Até aquela ocasião, eu nunca tinha *ouvido dizer de se parar apreciando, por prazer de enfeite, a vida mera desses pássaros*, em seu começar e descomeçar dos vôos e pousação. Aquilo era para se pegar a espingarda e caçar. Mas o Reinaldo gostava: – 'É formoso próprio...' – ele me ensinou" (Rosa, 2009b, p. 94, grifo nosso). Especificamente pensando o trecho grifado, parece-nos que ele remete o leitor para outro sentido ligado ao termo "recheio", no campo da música: "harmonia de vozes", *Füllstimme*, recheio (cf. Marques, 1996, p. 245); há ademais a possibilidade de ler o nome da nota musical ré, um "ré cheio".

RECITADO – No conto "Partida do audaz navegante", de *Primeiras estórias*, Brejeirinha, criança e protagonista, afirma: "A gente se sentava, perto, não no chão nem em tronco caído, por causa do chovido do molhado. Ciganinha e Zito, numa pedra, que dava só para dois, podiam horas infinitas; apenas, conversando ainda feito gente trivial. Pele saíra a colher um feixe de flores. Mais não chuviscava. Brejeirinha já pulando de novo. Disse: que o dia estava muito recitado" (Rosa, 2009a, p. 479). Nessa passagem do conto, permeado de referências eróticas (cf. Barbosa, 2022a, p. 244-283), algumas possibilidades de leitura e compreensão se sobrepõem. Comecemos pelo significado do termo na língua portuguesa. De acordo com o *Dicionário Houaiss*,

o verbo "recitar" é: "1. dizer em voz alta e clara, lendo ou não (...); 2. (prep.: a, para) dizer (texto poético ou retórico) em voz alta, usando ou não gestos, expressões faciais e modulação de voz; declamar (...); 3. (prep.: a, para) relatar o enredo ou detalhes de (história, caso, conversa etc.); contar, narrar, referir (...); 4. música. cantar ou executar (um recitativo)". Com esse viés, é possível pensar que o dia chuvoso e molhado proferia, narrava ou contava o que estava para ocorrer entre Ciganinha e Zito, em suas descobertas sobre o amor. Já retornando à etimologia da palavra "recitar", temos, do latim: *recito, -as, -are, -avi, -atum*, v.tr.: 1. fazer novamente a chamada dos nomes citados perante o tribunal; 2. ler em voz alta, recitar (Faria, 2003, p. 846). Ainda, do latim, o verbo *cito, -as, -are* traz como uma das definições: lançar, provocar; além de pôr em movimento, brandir, e mesmo invocar testemunho (Faria, 2003, p. 192). Assim, podemos inferir que o dia dava testemunho do que estava para ocorrer, isto é, chovia e a chuva cantava, barulhava e fecundava a terra. Podemos, na mesma linha, pensar no sentido de lançar e provocar, verbos que carregam em si a conotação sexual sutil do ato jaculatório. Por fim, diante da perspectiva erótica do conto, é crível pensar em mais um lêmure devido ao contexto e, principalmente, à proximidade fonética das palavras: "Disse: que o dia estava muito excitado".

RETARDADO – Em *GSV*, é possível ler o trecho concedendo à palavra "retardado" um espectro duplo: sujeito lento, que protela e demora a tomar sua decisão e, também, sujeito com dificuldade de entendimento, com desenvolvimento mental aquém do esperado. "Fugi. De repente, eu vi que não podia mais, me governou um desgosto. Não sei se era porque eu reprovava aquilo: de se ir, com tanta maioria e largueza, matando e prendendo gente, na constante brutalidade. Debelei que descuidassem de mim, restei escondido retardado. Vim-me. Isso que, pelo ajustado, eu não carecia de fazer assim" (Rosa, 2009b, p. 89).

RIOBALDO, RIOBARDO, RIOVARDO, RI O BARDO, RIOVALDO (Rio vadio), **RIUARDO** (Rio ardente), **RIO UARD** (*uard* é rosa em língua árabe → rio rosa/ riu o Rosa) – "Em relação ao nome Riobaldo, ocorre que, no falar mineiro, ele pode estar sujeito ao fenômeno do rotacismo, isto é, ele pode sofrer alteração de pronúncia; na elocução, o 'l' de 'baldo' se realiza modificado em 'r'. O habitante de Paraopeba e Cordisburgo, por exemplo, fala Riobaldo como se escrevêssemos 'Riobardo'. O composto assim pronunciado e ouvido significa: 'rio bardo', ou 'rio cantante' ou, em outros termos, 'rio aedo'. O processo é interessante, a palavra carrega sonoramente o potencial de um significado ancestral que poderá ser perdido sem prejuízo do nome, mas que, resgatado, fecunda-a. Que não se esqueça, ademais, que 'rio' é também verbo que se pode ler como a declaração de um 'riso vazio' ou de um 'riso aedo', ou ainda o riso de um criador mais potente e melhor sobre a singeleza da arte do velho aedo... Formas brasileiras bem-humoradas de (de)compor e (de)cantar o literário. Rioba(l/r)do é um obcecado por encher-se de saber; mais que todos, ele sofre por desconhecer. Não carece percorrer sua história" (Barbosa, 2018b, p. 8).

ROSALGAR – "O termo 'rosalgar' é um 'achado' poético. De acordo com o *Aulete digital* e, igualmente, o *Diccionario da lingua portugueza* (1813), de Antonio de Moraes Silva, o léxico tem sentido duplo. É nome comum do óxido de arsênio: 'veneno, um semi-metal de várias cores, branco, negro, amarelo. Mui quebradiço, volátil' (Silva, 1813, p. 199: arsênico) e, tomado como adjetivo, significa 'indivíduo louro ou muito ruivo'. Antenor Nascentes, no *Dicionário etimológico da língua portuguesa*, 1955, acrescenta que a palavra rosalgar teria vindo 'Do ár. rahj al-gar, pó das cavernas, sulfeto de arsênico, porque se obtinha o arsênico de minas (Dozy, Eguilaz, RL. XIII, 374, Lokotsch). É vermelho e cristaliza no sistema do prisma oblíquo romboidal, apresentando-se muito facetado. Exposto à luz e ao ar, altera-se e reduz-se a pó. Deve ter havido influência de rosa, por etimologia popular (Nunes, Gram. Hist., 184).' Guerra Junqueiro emprega o termo no sentido de 'veneno': 'Só dos goivos, Senhor, brotaram goivos/destilando loucura e rosalgar' (Junqueiro, 1896, p. 82)'. Rosa, penso, emprega-o para acumular sentidos" (Barbosa, 2022b, p. 38).

S

SARANHÓ – O termo é polissêmico. Numa primeira possibilidade, "saranhão" é um dos nomes regionais pelos quais são conhecidas as abelhas da família *trigona truculenta*. Essa designação não é casual, são abelhas extremamente agressivas. Já o termo "saranhó" é um dos nomes pelo qual é conhecida outra família de abelhas, as *trigona fuscipennis*. Essas possuem o corpo todo negro e são notáveis pela agressividade. Numa segunda possibilidade, o termo "saranhó" estabelece uma relação de homonímia com "saranha", nome do peixe conhecido popularmente como "Cachorra-fação". Possui essa designação devido aos dentes afiados, que usa para alimentar-se de outros peixes. Há, igualmente, a possibilidade de ler o vocábulo como expressão desdobrada: "sá aranha" ou "sanha'arranha". Essas possibilidades se coadunam ao personagem do pactário no *GSV*, não Riobaldo, mas Hermógenes. "Saranhó" é o seu nome do meio: "Hermógenes Saranhó Rodrigues Felipes". Ou, Hermógenes "abelha", ou, "cachorra-fação". De fato, durante todo o *GSV* o personagem é nitidamente agressivo, mata o "grande chefe" Joca Ramiro e, sobretudo, Diadorim. Já o segundo termo, "cachorra-fação", comporta mais possibilidades: no início de *GSV*, o demo é caracterizado como uma espécie brasileira de Jano bifronte: "'Cara de gente, cara de cão': determinaram – era o demo" (Rosa, 2009b, p. 7). Ainda, em outra perspectiva, o termo científico pelo qual é conhecido o "cachorra-fação" é *rhaphiodon vulpinus*, que, por sua vez, estabelece uma relação com os nomes do comerciante alemão (Vupses, Vupes, Vulpes). Ou seja, "saranhó" pode indicar uma espécie de irmandade misteriosa entre Hermógenes e Emílio, dois possíveis conhecidos do demo. O trecho em que aparece é: "Hermógenes Saranhó ['saranhão', 'saranha', 'cachorra-fação', 'vulpinus', 'vupes'] Rodrigues Felipes – como ele se chamava; hoje, neste sertão, todo o mundo sabe, até em escritos no jornal já saiu o nome dele" (Rosa, 2009b, p. 265).

SEBESTOS – Termo encontrado em "Nada e a nossa condição", de *Primeiras estórias*. Nilce Sant'Anna Martins (2001) registra o termo com as mesmas fontes que nós. As várias possibilidades de leituras simultâneas, as que, supomos, geram os lêmures, são aventadas por Paulo Rónai (2020, p. 143): "Nem sempre o significado dessas inovações é óbvio: mais de uma constitui enigma de decifração nada fácil, capaz de suscitar as interpretações mais desencontradas. Veja-se este exemplo, encontrado em 'Nada e a nossa condição': 'Ante e perante, à distância, em roda, mulheres se ajoelhavam, e homens que pulando gritavam, sebestos, diabruros [Rosa, 2009b, p. 459]'. O leitor fica intrigado com o adjetivo não dicionarizado sebesto. Deverá ligá-lo a sebesta (nome de árvore) ou a sebo (especialmente das locuções: metido a sebo; ora, sebo!), tomá-lo por uma corruptela de sebento ou considerá-lo uma amálgama audaciosa de sebo + besta ou de se (pronome) + besta? Todas essas conjeturas, embora desencorajadas pelo contexto, hão de se apresentar ao espírito do leitor mais prontamente do que o verdadeiro radical, pedido emprestado ao substantivo grego *sébas* ('temor religioso', 'veneração') e ao correspondente verbo *sebo*". Guimarães Rosa, por sua vez, confirma as impressões de Rónai e afirma em correspondência a Curt Meyer-Clason: "Achei curiosa 'empastar' o grego (com o sentido de 'veneração, temor respeitoso', respeito supersticioso), com o coloquial (gíria) brasileiro: 'cê besta!' = você é besta..." (Meyer-Clason; Rosa, 2003, p. 321). O verbo "empastar" é, portanto, um dos meios de se criar lêmures. Entre o solene e o coloquial, Rosa fica com os dois.

SERTÃO – Vocábulo bastante discutido entre os pesquisadores, entre eles Nilce Sant'Anna Martins (2001, p. 452), e frequente na obra rosiana. Fixa, no *GSV*, um jogo semântico no relato que Riobaldo faz da ocasião em que Reinaldo revelou seu segredo: seu nome, Diadorim: "Assim eu ouvi, era tão [imperfeito de 'ser' tão?] singular. Muito fiquei repetindo em minha mente as palavras, modo de me acostumar com aquilo. E ele me deu a mão. Daquela mão, eu recebia certezas. Dos olhos. Os olhos que ele punha em mim, tão externos, quase tristes de grandeza. Deu alma em cara. Adivinhei o que nós dois queríamos – logo eu disse:

– '*Diadorim... Diadorim!*' – com uma força de afeição. Ele sorriu sério. E eu gostava dele, gostava, gostava. Aí tive o fervor de que ele carecesse de minha proteção, toda a vida: eu terçando [recordar que terçando = sertando e que terçar = lutar = rezar], garantindo, punindo por ele. Ao mais os olhos me perturbavam; mas sendo que não me enfraqueciam. Diadorim. Sol-se-pôr, saímos e tocamos dali, para o Canabrava e o Barra. Aquele dia fora meu, me pertencia. Íamos por um plâino de varjas; lua lá vinha. Alimpo de lua. Vizinhança do sertão – esse Alto-Norte brabo começava. – Estes rios têm de correr bem! Eu de mim dei. Sertão [certão] é isto, o senhor sabe: tudo incerto, tudo certo. Dia da lua. O luar que põe a noite inchada" (Rosa, 2009b, p. 103). Sertão, "região agreste distante das povoações ou das terras cultivadas"; "terreno coberto de mato, longe do litoral"; "interior pouco povoado" (cf. *Dicionário Houaiss*). Lá é o lugar do incerto, "indeterminado", "impreciso": as distâncias a percorrer são extensas; as provisões, regradas ou escassas; as populações e os pontos de apoio, raros. De certo, ali, o pôr do sol, a Lua, os rios... Em consulta ao dicionário, é possível confirmar que as palavras "sertão" e "certão", uma grafada com "s", e outra, com "c", são sinônimas. Com isso, fica posta a questão: Como pode o incerto ser tão certo? Ou o certo, tão incerto? E o sertanejo, aquele que se dispõe a viver ali, é alguém tido como alguém "rústico", "rude" e, tal qual o ambiente, "agreste", ou seja, "inclemente", "rigoroso", "áspero", "indelicado". Riobaldo – representante daqueles que, ao mesmo tempo em que estão no sertão, trazem o sertão dentro de si – espelha suas próprias certezas e incertezas: das mãos de Diadorim, ele recebia certezas, assim como a certeza de sua afeição trazia consigo a convicção de que intercederia e lutaria por Diadorim durante toda a vida; e a incerteza, vindo da perturbação em seus olhos, espelhando o que se passava na alma. Riobaldo, também ele, era certão e sertão! Fantasmagoria fecunda que se soma em "ser" tanto, ser "tão": "Quando foi que eu tive minha culpa? Aqui é Minas; lá já é a Bahia? Estive nessas vilas, velhas, altas cidades... Sertão é o sozinho. Compadre meu Quelemém diz: que eu sou muito do sertão? Sertão: é dentro da gente. O senhor me acusa? Defini o alvará do Hermógenes, referi minha má cedência.

Mas minha padroeira é a Virgem, por orvalho. Minha vida teve meio--do-caminho? Os morcegos não escolheram de ser tão [sertão?] feios tão frios – bastou só que tivessem escolhido de esvoaçar na sombra da noite e chupar sangue" (Rosa, 2009b, p. 201).

SOMBRA DE SOMBRA – Expressão aparentemente sem desdobramentos, mas que suscita o poderoso fantasma da expressão σκιᾶς ὄναρ [sombra de sonho] que ocorre no verso 96 da *Oitava Pítica*, de Píndaro, para responder à pergunta "o que é o homem, a criatura humana": ἐπάμεροι· τί δέ τις; τί δ' οὔ τις; σκιᾶς ὄναρ ἄνθρωπος. ["Provisório! Quede um? Quede nenhum? Sombra no breu, criatura" (trad.: Tereza Virgínia Ribeiro Barbosa)]. A frase ocorre no *GSV* da seguinte forma "Sombra de sombra, foi entardecendo [em tarde sendo]; fuscava" (Rosa, 2009b, p. 272).

SOPESAR – Verbo polissêmico utilizado habilmente por Rosa em *GSV*. No *Aulete digital*, temos a definição: "avaliar com a mão o peso aproximado de [algo]"; "pôr contrapeso em"; "dar sustentação a"; "fazer a avaliação de; considerar"; "escapar aos saltos (a ave) diante de quem a caça"; "distribuir (alguma coisa) de maneira equilibrada, justa". O exemplo a seguir demonstra tanto a consciência polissêmica do verbo quanto a destreza e engenhosidade para utilizá-lo de modo a contemplar todos os seus possíveis sentidos: "'Riobaldo, você é valente... Você é um homem pelo homem...' – ele no fim falou. Sopesei [só pesei] meu coração, povoado enchido, se diz; me cri capaz de altos, para toda seriedade certa proporcionado. E, aí desde aquela hora, conheci que, o Reinaldo, qualquer coisa que ele falasse, para mim virava sete vezes" (Rosa, 2009b, p. 95).

SORÔCO, SOR OCO, SOR ROUCO, SOR LOUCO, SÓ CORO, SÓ CORRO, SOCORRO – Luiz Roncari, durante o Colóquio Internacional *Primeiras estórias* 60 Anos, indica que no conto "Sorôco, sua mãe, sua filha", a palavra "sor", se entendida como uma abreviatura do termo senhor, pode nos ajudar a recuperar uma característica psicológica do personagem Sorôco, "sor oco", ou senhor oco, um personagem vazio de completude e que, aos poucos, vai se esvaziando também das pessoas de sua vida. Senhor oco era viúvo, não conhecia parente nenhum e, em breve, perderia também as únicas pessoas que lhe tinham restado. Seguindo pelo mesmo arcabouço, podemos recuperar também outros lêmures dentro do nome do personagem Sorôco e resgatar, inclusive, uma característica física apresentada pelo personagem, que é evidenciada por Guimarães Rosa no quarto parágrafo do conto: "as crianças tomavam medo dele; mais, da voz, que era quase pouca, grossa, que em seguida se afinava" (Rosa, 2009b, p. 410). Sorôco pode ser pensado como a soma de dois metaplasmos, sor + roco, ou senhor rouco, um homem que fala pouco e que, quando fala, apresenta algum tipo de aspereza ou falha na voz, podendo isso até torná-lo incompreensível. Sorôco então, ao falar, talvez não conseguisse tanto assim se fazer compreender, o que provocava medo nas criancinhas que com ele tinham contato. Não se fazendo compreender, seria Sorôco visto também como uma espécie de louco a partir dos metaplasmos sor loco? Senhor louco, ainda antes de sua mãe e sua filha. Uma trindade de loucos, cuja loucura vem entoada pelas três gerações que se seguem, pelo que parece. No conto, é primeiramente a filha que demonstra os primeiros sintomas da loucura: "A filha – a moça – tinha pegado a cantar, levantando os braços, a cantiga não vigorava certa, nem no tom nem no se-dizer das palavras – o nenhum" (Rosa, 2009b, p. 410). Depois foi a vez da mãe, que se juntou à neta, filha de Sorôco: "Agora elas cantavam junto, não paravam de cantar" (Rosa, 2009b, p. 410). Por fim, após a partida da mãe e da filha, também Sorôco começou a cantar, "alteado, forte, mas sozinho para si – e era a cantiga, mesma, de desatino, que as duas tanto tinham cantado" (Rosa, 2009b, p. 411). A esse ponto então, a trindade dos loucos estava separada. As conexões que mantinham Sorôco foram desfeitas. O senhor oco/louco se encontra sozinho e seu canto finalmente se manifesta, quase como se estivesse o personagem em uma fuga desatinada, um só corro. É também nesse momento, durante a fuga, que se ouve o ressoar de sua voz, um canto, igual ao das outras duas, seu grito de socorro. Porém, a solidão de Sorôco se mantém por pouco tempo e, logo, toda a gente vem cantar com ele, na loucura, em um só coro de vozes. No conto, cabem muitas leituras, fantasmáticas, por conta de aparições de lêmures: Sor oco, sua mãe, sua filha; Sor rouco, sua mãe, sua filha; Sor louco, sua mãe, sua filha; "E foi sem combinação, nem ninguém entendia o que se fizesse: todos, de uma vez, de dó do Sor louco, principiaram também a acompanhar aquele canto sem razão" (Rosa, 2009b, p. 411); Só cor[r]o, sua mãe, sua filha; "Todos caminhando, com ele, só coro, e canta que cantando, atrás dele, os mais de detrás quase que corriam, ninguém deixasse de cantar" (Rosa, 2009b, p. 411); Socorro, sua mãe, sua filha; "A gente estava levando agora o socorro para a casa dele, de verdade" (Rosa, 2009b, p. 411).

SUFRÁGIOS – No conto "Os irmãos Dagobé", de *Primeiras estórias*, Liojorge, um joão-ninguém pacífico e honesto, em reação à concretização da ameaça de ter sua orelha cortada, desfere um tiro mortal no peito de Damastor [no peito do gigante de Camões?], o mais velho e pior dos quatro irmãos Dagobé. Durante o velório, a discussão girava em torno da iminente morte de Liojorge, em ato de vingança dos irmãos sobreviventes, tão logo os ritos fúnebres de Damastor fossem concluídos. O trecho relatado é este: "Decerto, não tinha a experiência de se aproveitar para escapar, o que não adiantava – fosse aonde fosse, cedo os três o agarravam. Inútil resistir, inútil fugir, inútil tudo, Devia de estar em o se agachar, ver-se em amarelas: por lá, borrufado de medo, sem meios, sem valor, sem armas. Já era alma para sufrágios!" (Rosa, 2009b, p. 417). Trata-se de um termo comum, embora Nilce Sant'Anna Martins (2001, p. 446) dedique a ele um verbete. A situação de Liojorge parecia não deixar dúvidas: por ter cometido crime contra a vida do mandatário local, ele era alma para sufrágios, e isso em dois sentidos. Em função do ocorrido, ele, decerto, era objeto de "votação" dos três Dagobé restantes, afinal, cabia-lhes decidir dentre as várias opções de vingar a morte do irmão, e, durante o processo de escolha, o meio proposto por um deles deveria receber o sufrágio dos demais, ou seja, "adesão" e "apoio". Diante da situação de impotência de Liojorge – segundo os velantes, praticamente um morto-vivo –, ele se tornava alvo de sufrágio, isto é, de "oração pelos mortos". Ao que tudo indicava, àquela altura, só cabia rezar por sua alma, uma vez que era dado como certo que os Dagobé "não iam deixar uma paga em paz" (Rosa, 2009b, p. 417).

SUSPENDENTEMENTE – O termo é encontrado no conto "Um moço muito branco", de *Primeiras estórias*, em que o misterioso "moço muito branco" leva pela mão a personagem Duarte Dias para uma possível descoberta de diamantes (ou de dinheiro). Depois da caminhada com o "moço muito branco", Duarte Dias se transforma em uma pessoa "suspensa, absorta, alheada, sobremaravilhada: dos coevos" (Rosa, 2009b, p. 469). O termo pode ser lido como um neologismo, uma adverbialização do termo "suspender": "Suster no ar, pendurar. Deixar pender. Sustar, interromper. Fazer parar. Procrastinar; adiar. Impedir. Privar de um cargo ou dos respectivos vencimentos, provisoriamente. (...) Equilibrar-se no ar. Pendurar-se: Judas suspendeu-se de uma figueira. Parar. Estar em lugar muito alto. Ficar perplexo. Enlevar-se. (Lat. *suspendere*)" (Figueiredo, 1913, p. 1915). No dicionário latino, é possível encontrar os seguintes sentidos: *suspendo -is -ere -pendi pensum*: v. tr. 1. suspender, pendurar; na língua religiosa: 2. pendurar oferendas donde; 3. consagrar, oferecer; 4. ter suspenso no ar, levantar; 5. suster, sustentar, suportar; Fig.: 6. ter na expectativa, estar na incerteza; 7. interromper, suspender, reter, conter (Faria, 2003, p. 973). Assim, o termo polissêmico pode assumir tanto caráter de elevação espacial, uma vez que Duarte Dias, diante da experiência, se viu "suspenso no ar", "elevado", quanto religioso, como a essência mítica do próprio conto, relacionado à consagração: "consagrado". O conto, perpassado de transformações, recebe mais uma: Duarte Dias se eleva, se consagra, de "homem de gênio forte, além de maligno e injusto, sobre prepotências" (Rosa, 2009b, p. 466), para uma personalidade bondosa, elevada, em suspensão. Por aproximação, é inevitável pensar também no termo "surpreendentemente", ou, o que denota surpresa, corroborando ainda a força da mais significativa transfiguração do conto.

T

TAL DITOS – No conto “Barra da vaca”, de *Tutaméia*, parece haver uma expressão com eufemismo que deixa em suspensão, durante todo o conto, o caráter da mulher e dos filhos de Jeremoavo e dele próprio. O nome Jeremoavo/Jeremoabo diz pouco, exceto se o ligarmos ao triste sofredor bíblico Jeremias: Jeremoavo jeremiava... Trata-se de indivíduo nascido na cidade do mesmo nome, na Bahia. Em língua tupinambá, o termo significa “plantação de jerimum, abóbora”. Jeremoavo “Largara para sempre os dele, parentes, traiçoeira família, em sua fazenda, a Dã, na Chapada de Trás, com fel e veemências. Mulher e filhos, tal ditos [taldito = (in)terdito? ou seria acaso malditos?], contra ele achados em birba [corruptela de víbora] de malícias, e querendo-o morto, que o odiavam. Sumiu-se de lá, então, em fúria, pensado [cf. **PENSADO**]. Deixara-lhes tudo, a desdém, aos da medonha ingratidão. Só pegara o que vale, saco e dobros do diário, as armas. Saía ao desafio com o mundo, carecia mais do afeto de ninguém. Invés. Preferia ser o desconhecido somenos. Quanta tristeza, quanta velhacaria...” (Rosa, 2009b, p. 549).

TEM-TEM – Termo registrado n’*O léxico de Guimarães Rosa* de Nilce Sant’Anna Martins, (2001, p. 486) e dedicado a uma ocorrência no conto “Buriti”, presente em *Noites do sertão* (*Corpo de baile*). A expressão que vamos comentar foi retirada de *Sagarana*, “Burrinho pedrês”. O *Aulete digital* indica dois significados básicos: “Ornit. s.m. 1. Tipo de falcão (*Micrastur semitorquatus*) comum no Brasil, de face, coleira e lateral do ventre brancos, dorso escuro e asas curtas; GAVIÃO-RELÓGIO; SAÍRA; 2. Pássaro ornamental frugívoro, colorido, com até 12cm de comprimento; GATURAMO [Pl.: tem-tens.]. (...) 1. Fam. O equilíbrio precário de uma criança que começa a andar. [F.: Posv. da expressão ‘tem-te, não caias’, que se diz à criança que começa a andar]”. A cena parece relacionar-se com as charges de jornal e o mundo do rádio. Alude de forma muito cifrada ao “Amigo da onça” de Péricles Albuquerque Maranhão, o “Péricles”, que trabalhou na revista *O Cruzeiro*, e talvez remeta também a Benedito de Barros Barreto, o "Belmonte", a Alexandre Ribeiro Marcondes Machado, o "Juó Bananére", ou a João Paulo Lemmo Lemmi, o "Voltolino", ilustrador do *Sítio do Picapau Amarelo* e do personagem Juó Bananére; pode estar relacionada igualmente com o mundo do rádio e com Osvaldo Gomes Canecchio, o "Badú", com Silvino Neto, compositor e letrista do sucesso "Adeus cinco letras que choram". Todos os vocábulos parecem ser lêmures, no entanto, não temos nenhuma prova efetiva. Vejamos uma passagem e alguns lêmures mais factíveis: "Mas, que é que você está olhando tanto, Francolim É, acolá, no outro extremo do eirado, Juca Bananeira, que brinca de mexer tranças na crineira de Belmonte, e conversa com Badú. – 'Você faz mal, de andar assim desarmado de arma! Silvino é onça-tigre. Todo-o-mundo sabe que ele está esperando hora...' Aí Badú, atravessando na frente do arreio a longa vara de ferrão, e mostrando o poldro, agora quietado, exausto de pular, só diz: – 'Comigo não tem quem tem! Eu também, quando vejo aquele, fico logo amigo da minha faca. Mas Silvino é medroso, mole, está sempre em véspera de coisa nenhuma!' – 'Aí fiando! [cf. **FIA**] Quem tem inimigo não dorme!...' E Juca Bananeira vai para a eloquência, porque confia tanto na moleza de Silvino quanto um tem-farinha-aí acredita na imobilidade de uma cobra-cipó, ou uma cobra-cipó crê na lonjura alta de uma acauã. Mas Badú guina o poldro, vindo cá para perto do canto onde João Manico conversa ainda com o Major" (Rosa, 2009a, p. 23). Antes da cena, há um episódio interessante pleno de informações: "Silvino está com ódio do Badú...". Silvino e Badú estão sobre um poldro. Silvino assobia "no ouvido do bicho", que "dá um salto magistral". Silvino cai; Badú se mantém. Francolim, que observa, adverte: "O que é, é que eu sei, no certo, mas mesmo no certo, que Silvino vai matar o Badú, hoje. (...) Sim senhor, mas o caso não é de brinquedo, seu Major... Silvino quer beber o sangue do Badú... Se o senhor fornece ordem, eu dou logo voz de prisão no Silvino, no arraial, depois do embarque..." (Rosa, 2009a, p. 21). Neste contexto é que Juca Bananeira diz "Silvino é onça-tigre" e Badú responde: "comigo não tem quem tem", e mais: "Silvino é medroso, mole...". A partir de então entra um jogo de palavras que desconstroem a valentia de Silvino: "cobra-cipó crê na lonjura alta de uma acauã". Surgem os lêmures claramente: o gavião apontado no verbete do dicionário e o equilíbrio emocional precário do Silvino, sim, porque, cômica e ironicamente, Badú, na circunstância, está "bebedérrimo" (Rosa, 2009a, p. 44), é ele quem está trôpego.

TENÇÃO – O termo, homônimo de "tensão", é empregado no *GSV*, quando os jagunços se reúnem para a escolha do novo líder. Diante da insistente recusa de Riobaldo em assumir o posto, Diadorim se dispõe a tomar para si a chefia: "A regra de Medeiro Vaz tem de prosseguir, com tenção [zelo, devoção ou tensão?]! Mas, se algum achar que não acha, o justo, a gente isto decide a ponta d'armas...!" (Rosa, 2009b, p. 54). Tal decisão deveria ser tomada conforme o "plano", a "tenção" de Medeiro Vaz, garantindo, assim, a concretização de sua "intenção", de seu "propósito": que o capitanear coubesse a um dentre os brabos. Observar o derradeiro desejo de Medeiro Vaz também seria uma forma de "veneração" de sua figura, de reconhecimento do valor que sua liderança tinha entre os jagunços. Por outro lado, é possível apontar o estado de "tensão" que pairava durante a assembleia, de modo que uma "contenda" poderia desembocar até em embate armado. Além disso, um estado de "angústia" também mobilizava os participantes, o qual pode ser traduzido nas palavras de Riobaldo: "Senhor conheceu por de dentro um bando em-pé de [impede jagunços?] jagunços – quando um perigo poja? – sabe os quantos lobos? Mas, eh, não, o pior é que é a calma, uma sisudez, das escuras. Não que matem, uns aos outros, ver: mas, a pique de coisinha, o senhor pode entornar seu respeito, sobrar desmoralizado para sempre, neste vale de lágrimas. Tudo rosna" (Rosa, 2009b, p. 54). Nilce Sant'Anna Martins (2001, p. 486) registra a mesma ocorrência em outra passagem.

TENTEAR – No *GSV*, depois de Riobaldo e o pequeno grupo de jagunços que fazia o transporte e a escolta das armas para Joca Ramiro encontrar outros integrantes do bando, Riobaldo foi crivado de perguntas por um dos integrantes: "Um pai-jagunço chamado Antenor, acho que era coração-de-jesuense, começou a temperar conversa, sagaz de fiúza, notei. Ele era homem chegado ao Hermógenes – se sabia dessa parte. De diz em diz, rodeava a questão. Queria saber que apreço eu tinha por Joca Ramiro, por Titão Passos, os outros todos. Se eu conhecia Sô Candelário, que estava por chegar? O giro dos assuntos – ele me tenteava [tonteava, tentava?] a fala. Notei. E, devagar, vinha querendo deixar em mim uma má vazante: me largar em dúvida. Não era? Aquilo eu inteligenciava. (...) Que é que eu achava?" (Rosa, 2009b, p. 116-117). O emprego do verbo "tentear" parece indicar que, durante o interrogatório, Antenor buscava "dar tento, atenção, sentido ou cuidado", tanto àquilo que perguntava quanto ao que viria a ser respondido por Riobaldo. Este, por sua vez, percebia que o modo não direto de abordagem dos assuntos buscava deixá-lo confuso, algo próximo do efeito do "tontear", com a intenção de levá-lo a "atrapalhar-se, atarantar-se, perturbar-se", neste caso, o termo se aproxima, em sentido, do verbo "tentar". De forma astuta, Riobaldo escutou: "Respondi? Ah, ah. Sou lá para achar nenhuma coisa. Não tinha nascido no ontem, cedo tomei aparência de homens por homens" (Rosa, 2009b, p. 117). Nilce Sant'Anna Martins (2001, p. 487) se ocupa do vocábulo "tente", sentido de "com força", e Nei Leandro de Castro (1982, p. 184), "tinte" no sentido de "detalhe", "minúcia".

TERRIVOROSOS – Léxico encontrado em "A benfazeja", em *Primeiras estórias*, para o qual o próprio Guimarães Rosa admite sentidos flutuantes e acumulados em carta a seu tradutor para o alemão, Curt Meyer-Clason: "TERRIVOROSOS = de terrí(vel) + (pa)vorosos MAS também de: terr(a) + (...)voro (de devorar) (Cf. a expressão usual: 'com estes olhos, que a terra há de comer'...)" (Meyer-Clason; Rosa, 2003, p. 343). Além desses, podemos pensar em terrí(vel) + horroroso. O trecho em que o vocábulo aparece é: "Ela ia para qualquer longe, ia longamente, ardente, a só e só, tinha finas pernas de andar, andar. É caso, o que agora direi. E, nunca se esqueçam, tomem na lembrança, narrem aos seus filhos, havidos ou vindouros, o que vocês viram com esses seus olhos terrivorosos, e não souberam impedir, nem compreender, nem agraciar" (Rosa, 2009b, p. 490).

U

ÚA – Cf. **ÚÙ**. Frase que ocorre em "Buriti", em *Noites do sertão* (*Corpo de baile*): "O vento úa, morrentemente, avuve, é uma oada – ele igreja as árvores. A noite é cheia de imundícies. A coruja desfecha olhos. Agadanha com possança. E õe e rõe, ucrú, de ío a úo, virge-minha, tiritim: eh, bicho não tem gibeira... Avougo" (Rosa, 2009a, p. 741). Há muitas possibilidades para "úa": uiva? [de: uyvar, ou uivar, huivar, e uviar (cf. Vieira, v. 5, 1874, p. 867) ou de hurra?]. Guimarães Rosa explica a intenção do uso: "úa = onomatopéia; avuve = onomatopéia (do vento); oada = onomatopéia de (panc)ada, (z)oada; pode provir também de ôa! (= a voz com que o carreiro manda parar os bois do carro-de-bois)" (Bizzarri; Rosa, 1980, p. 68). Nem ele mesmo garante a exatidão dos significados.

UCRÚ, ÚO – Cf. **ÚÙ**. Frase que ocorre em "Buriti", de *Noites do sertão* (*Corpo de baile*): "E õe e rõe, ucrú, de ío a úo, virge-minha, tiritim: eh, bicho não tem gibeira... Avougo" (Rosa, 2009a, p. 741). A seu tradutor

para o italiano, Rosa explica: "ucrú = (onomatopéia) refere-se ao rasgar (cruel) da carne (crua) da vítima" (Bizzarri; Rosa, 1980, p. 69).

UFANÁTICO – Léxico presente em "Desenredo", que integra a obra *Tutaméia*. O conto trata da construção de uma narrativa que erige a fidelidade de uma mulher de muitos parceiros, daí o nome "Desenredo". Depois da morte do marido de Livíria – mas também Rivília, Irlívia e Vilíria –, um dos seus amantes, Jó Joaquim, após casar-se com ela, –passou a construir, à moda platônica, o arquétipo de mulher ideal para a sua amada e, com a narrativa, apagou o passado. O termo desta entrada parece ser uma aglutinação de "ufano" + "fanático", explicação de Nilce Sant'Anna Martins (2001, p. 511). A leitura dele, com tais associações, é favorecida pelas frases: "Sábio sempre foi Ulisses, que começou por se fazer de louco. Desejava ele, Jó Joaquim, a felicidade – ideia inata. Entregou-se a remir, redimir a mulher, à conta inteira"

(Rosa, 2009b, p. 560). Vê-se que, no trecho, indiretamente, Guimarães Rosa associa a protagonista ao arquétipo (o lêmure-mor) de Penélope, esposa tecelã, que mantinha em sua casa mais de cem pretendentes a cortejá-la. Em outro trecho, Rosa escreve: "Ele queria apenas os arquétipos, platonizava" (Rosa, 2009b, p. 560). Assim, todo o conto é oportuno para comprovar a hipótese da dúvida para a construção de múltiplas verdades e, consequentemente, de lêmures. Em outro ponto da história, Rosa escreve: "O ponto está em que o soube, de tal arte: por antipesquisas, acronologia miúda, conversinhas escudadas, remendados testemunhos. Jó Joaquim, genial, operava o passado – plástico e contraditório rascunho. Criava nova, transformada realidade, mais alta. Mais certa? Celebrava-a, ufanático [ufano + fanático; ufano + lunático?; ufano + ático por causa de Platão], tendo-a por justa e averiguada, com convicção manifesta. Haja o absoluto amar – e qualquer causa se irrefuta. Pois, produziu efeito. Surtiu bem. Sumiram-se os pontos das reticências, o tempo secou o assunto. Total o transato desmanchava-se, a anterior evidência e seu nevoeiro. O real e válido, na árvore, é a reta que vai para cima. Todos já acreditavam. Jó Joaquim primeiro que todos. Mesmo a mulher, até, por fim. Chegou-lhe lá a notícia, onde se achava, em ignota, defendida, perfeita distância. Soube-se nua e pura. Veio sem culpa. Voltou, com dengos e fofos de bandeira ao vento" (Rosa, 2009b, p. 560-561). A variação do nome da protagonista aponta provavelmente para a mutação da personagem, nomeada por anagramas e apontando para a ária "*la donna è mobile*" do terceiro ato de *Rigoletto* de Giuseppe Verdi (Cf. **VILÍRIA**).

ÚÙ, O ÙÚ, ENCHEMENCHE, AVANTESMAS – Frase que ocorre em "Buriti", de *Noites do sertão* (*Corpo de baile*). Guimarães Rosa cria fantasmagorias: "O silêncio se desespumava [liquefaz?]. A coruja conclúi. Meu corpo tremeu, mas só do tremer que ainda é das folhagens e águas. Para ouvir o do chão, a coruja entorta a cabeça, abaixando um ouvido despido. Ela ouve as direções. A jararaca-verde sobe em árvore. – Ih... O úù, o ùú, enchemenche [enche-m-e-nche: observe-se o tiritar de medo na aglutinação produzida], aventesmas... O vento úa, morrentemente, avuve [ave ouve?], é uma oada [Martins, 2001, p. 56, onomatopeia de pane] – ele igreja as árvores. A noite é cheia de imundícies. A coruja desfecha olhos. Agadanha com possança. E õe e rõe, ucrú, de ío a úo, virge-minha, tiritim: eh, bicho não tem gibeira... Avougo" (Rosa, 2009a, p. 741), e explica o processo para seu tradutor Edoardo Bizzarri: "úù, ùú = onomatopéias; enchemenche = (enche-m(e)-enche?; enche-m(exe)?) é algo que o Chefe quer mas não consegue *traduzir* dos hiper-rumores da Noite. Avantesmas = (avantesmas) fantasmas. Tentativa de tradução para a linguagem lógico-reflexiva: – Esses (sons de) húùh-úhhú, de imenso mexer-se-e-encher-se-me... são ossos-sons, de extintos fantasmas... (Perdôe-me, carreguei a mão. Mas é que é perigoso tentar sondar essas anfractuosidades infralógicas, hiper-sensoriais, elas contagiam-nos, e 'estou com a cachorra', a invenção é um demônio sempre presente...)" (Bizzarri; Rosa, 1980, p. 67-68). Mais à frente, Rosa informa: "ío = (onom.) corresponde aos gemidos--guinchos da vítima; úo = (onom.) idem. E também ao rumor geral, dos dois, a coruja batendo e a vítima se debatendo" (Bizzarri; Rosa, 1980, p. 69). Fato é que a instabilidade no significado das palavras, a paisagem e o contexto da descrição são estratagemas para criar o medo e, consequentemente, materializar fantasmas.

V

VANECER-SE – No conto “Nada e a nossa condição”, em *Primeiras estórias*, registra-se o termo, que ocorre quando o Tio Man’Antônio acaba de perder a mulher, Tia Liduína. A primeira reação do fazendeiro diante da viuvez repentina foi mandar abrir, aos pares, as portas e janelas da casa, e depois visitar cada cômodo. “Pelas janelas, olhou; urgia a divagação. Passou a paisagem pela vista, só a segmentos, serial, como dantes e ainda antes. De roda, na vislumbrança, o que dos vales e serros vem é o que o horizonte é – tudo em tudo. Pois, noutro lanço de vista, ele pegava a paisagem pelas costas: as sombras das grotas e a montanha prodigiosa, a vanecer-se [= desvanecer > vã *essere*?], sobre asas. Ajudavam-no, agora que delas precisava? Definia-se, ele, ali, sem contradição nem resistência, a inquebrantar-se, desde quando de futuro e passado mais não carecia. Talvez, murmurasse, de tão dentro de si, coisas graves, grandes, sem som nem sentido” (Rosa, 2009b, p. 453). O verbo em foco é polissêmico. O *Aulete digital* elenca cinco significados: 1. Fazer desaparecer ou desaparecer; 2. Perder a cor, desbotar; 3. Aliviar, lenir; 4. Frustrar, malograr; 5. Encher(-se) de orgulho, vaidade ou presunção. O contexto da citação permite entender Tio Man’Antônio, que pegava a paisagem sobre águas pelas costas de várias formas: a ufanar-se, frustrar-se, aliviar-se, desbotar-se ou mesmo a desaparecer-se. Note-se no trecho a aliteração em fricativas (/v/ e /s/) a partir dos termos: “divagação; passou; vista, só; serial; dantes; antes; vislumbrança; vales; vem; sombras; vanecer-se; sem som nem sentido”. De fato, após a morte de Tia Liduína, ocorreu o paulatino desvanecer-se de Tio Man’Antônio: “desfazer-se”, “dissolver-se”, “sumir-se”, “apagar-se”. O processo começou com o casamento delas, a gradativa perda das filhas que não mais retornaram à fazenda; seguiu-se a doação da fazenda e terminou com a morte e o incêndio da casa, incinerando o cadáver do dono: tudo virou pó, virou nada. Em consonância com outro conjunto de acepções, o verbo “desvanecer-se” foi empregado para descrever as várias possibilidades de atitude interior de Tio

Man'Antônio, quando era tributado como "o Rei-dos-Montes ou o Rei-das-Grotas": "Demais não se ressentisse, também, de sequidão, solidão, calor ou frio, nem do quotidiano desconforto tirava queixa. Mas debruçado, leve a cabecear, e com cerrada boca, expirando ligeiro ofego. Debilitada a vista, nos tempos agora" (Rosa, 2009b, p. 453).

VENTE – O termo é utilizado por Riobaldo para descrever a forma com que Zé Bebelo cavalgava ou, em suas palavras, "cavalhava". Para Nilce Sant'Anna Martins (2001, p. 520), o termo se refere tanto a um possível particípio de "ver" quanto ao de "haver". Nei Leandro de Castro (1982, p. 193) restringe-se ao particípio de "ver". A associação ao verbo "ver" marca a forma como Zé Bebelo é capaz de "antever" o caminho, ele "vê" tudo à sua frente, é o chefe capaz de vaticinar. Em outro sentido, "vente" é a 3ª pessoa do subjuntivo do verbo "ventar" (que ele vente), que, por sua vez, em sentido figurado, é "ser favorável" ou, ainda, "surgido de repente", "rente". A mesma palavra, suscitando outras aparições semânticas, pode ser lida como "Zé Bebelo ao cavalgar soltava ventosidades" e, ademais, "ia como o vento". No sentido contrário, igualmente, o termo assinala a elegância com a qual Zé Bebelo "cavalhava" seu garbo de ginete (pronto, galante, aparado): "Sendo que Zé Bebelo assim na dianteira sempre cavalhava, vente [vendo, rente] superintendeu que não perseguíssemos aqueles tais, nem neles se atirasse por comprazimento. O que estavam era em mão de roubando, se soube; como que tinham até sacos, para carregar dentro as coisas. Num átimo, eu reluzi quem que eles podiam ser. Só acertei" (Rosa, 2009b, p. 257).

VERBI GRATIA – Cf. **ABRAÇADOS**. Locução latina que significa a "como tal", "por exemplo". "Eu, feliz, olhei minha Sa-Maria Andreza; fogo de amor, verbigrácia [do latim: 'por exemplo'; haveria possibilidade do trocadilho 'por obra e graça'?]. Mão na mão, eu lhe dizendo – na outra o rifle empunhado – : – 'Vamos dormir abraçados... [abrasados...]'" (Rosa, 2009b, p. 474). O termo "verbi" é, na vocalização, passível de metaplasmo fácil: /b/ por /v/, tornando-se, por vezes, "vervi/e", o que enriquece o contexto, pois, segundo o *Aulete digital*, "verve" é: "1. Habilidade de falar ou escrever de forma criativa, inteligente, espirituosa etc.; (...) 2. Inspiração, criatividade, vitalidade". Por tal leitura, a frase seria: "Eu, feliz, olhei minha Sa-Maria Andreza; fogo de amor, vitalidade".

VIABUNDO – O termo se encontra no conto "Partida do audaz navegante", de *Primeiras estórias*. A primeira palavra que nos assalta o pensamento é "vagabundo", Nilce Sant'Anna Martins (2001, p. 522), aliás, sugere que a formação do termo "viabundo" se dá por analogia com este substantivo. O contexto permite essa interpretação. A instabilidade das palavras na vocalização da obra de Rosa, estratagema fecundo para a formação dos lêmures, que ocorre por vários eventos lexicais (aglutinações, metaplasmos, supressões etc.), deixa patente outras possibilidades. Conseguimos extrair de "viabundo", por exemplo, a expressão "via o mundo", se dita pausadamente, como também "vi a bundo", "vi abundo" ou "via bundo", quando "bundo" é 1. um substantivo masculino de designação genérica a qualquer língua de povos africanos; 2. indivíduo que pertence aos bundos, povo banto. Neste caso, "vi a bundo, abaixo, abaixo" faz referência tanto ao audaz navegante como sujeito quanto à embarcação que, talvez, seguisse rumo à África. Observe-se que no trecho o escritor mineiro se utiliza do metaplasmo "aldaz", com troca do "u" pelo "l". O erotismo que é provocado por meio dessa troca (aldaz = vara grande X audaz = corajoso) diz respeito ao enigma proverbial "no que o ovo se parece com o espeto" e, também, procede no contexto dessa ocorrência (cf. Barbosa, 2020, p. 83-103; 2022a, p. 244-283). O termo aparece no trecho: "O Aldaz! ele partia. Oscilado, só se dançandoando, espumas e águas o levavam, ao Aldaz Navegante, para sempre, viabundo, abaixo, abaixo. Suas folhagens, suas flores e o airoso cogumelo, comprido, que uma gota orvalha, uma gotinha que perluz – no pináculo de uma trampa seca de vaca" (Rosa, 2009b, p. 482).

VILÍRIA – Cf. **UFANÁTICO**. Palavra que integra o conto "Desenredo", de *Tutaméia*. A narrativa se desenvolve com o jogo anagramático do nome da amante e depois companheira de Jó Joaquim. A menção a ela se alterna com as alcunhas: Vilíria, Livíria, Rivília e Irlívia. Contudo, em certa medida, estas são, de acordo com a obra que integram, mudanças de "ninharias", tuta e meias manifestas na troca de letras que geram inúmeros lêmures, possibilidades sugestivas. Neste verbete, focalizamos a forma Vilíria. A primeira construção que salta aos olhos seria a composição: vil + iria [iria de modo vil? Vilania?]. Todavia, os lêmures não dão certeza alguma de sua existência, com eles estamos no terreno do talvez. "Iria", segundo o *Dicionário etimológico de nomes e sobrenomes* de Rosário Guérios (1973, p. 130), é forma popular do nome "Irene", que, por sua vez, carrega as variantes Erêa, Eireia, Eiria. Irene, do grego Εἰρήνη, é nome da deusa da paz. Mas não podemos também desprezar o contexto católico no qual se inseria o autor mineiro. Irene é santa da Igreja Católica. Nasceu de família pagã em Tessalônica, Macedônia. Foi mártir nos primeiros anos do cristianismo, sofreu perseguição do imperador romano Diocleciano (284-305 d.C.) e, porque colecionava livros sagrados cristãos, foi enviada para um bordel para, posteriormente, ser condenada à morte (Cf. Loxton, 1996, p. 8). A tradição católica afirma que a santa, mesmo num lugar de prostituição, permaneceu intacta. Agregando a história à narrativa rosiana, temos duas vertentes: uma Irene vil, paz de pouco valor; ou uma Irene que viveu num prostíbulo e preservou uma "santa paz". Paradoxos assim são típicos de Guimarães Rosa; no entanto, o conto parece conduzir o leitor à reflexão sobre a índole feminina e a índole particular de uma mulher de muitos nomes e possibilidades. O início do conto marca o relacionamento do protagonista com a dita personagem pelo termo "cliente" (ciente?) e define o envolvimento de ambos como uma relação: "Jó Joaquim era cliente, era quieto, respeitado, bom como o cheiro de cerveja. Tinha o para não ser célebre. Com elas quem pode, porém? Foi Adão dormir, e Eva nascer. Chamando-se Livíria, Rivília ou Irlívia, a que, nesta observação, a Jó Joaquim apareceu. Antes bonita, olhos de viva mosca, morena mel e pão. Aliás, casada. Sorriram-se, viram-se. Era infinitamente maio e Jó Joaquim pegou o amor. Enfim, entenderam-se. Voando o mais em ímpeto de nau tangida a vela e vento. Mas muito tendo tudo de ser secreto, claro, coberto de sete capas" (Rosa, 2009b, p. 559). O relacionamento deles se resolve com a morte do marido de Vilíria, entretanto, ela procede com o novo marido, Jó Joaquim, do mesmo modo que procedera com o antecessor. Rompe-se a relação. A saudade bate e Jó Joaquim, mediante uma desconstrução da narrativa e da conduta da ex-amante e ex-companheira, retoma de volta a mulher. "Celebrava-a, ufanático, tendo-a por justa e averiguada, com convicção manifesta. Haja o absoluto amar – e qualquer causa se irrefuta" (Rosa, 2009b, p. 560). Tudo retorna à "santa paz". "Pois, produziu efeito. Surtiu bem. Sumiram-se os pontos das reticências, o tempo secou o assunto. Total o transato desmanchava-se, a anterior evidência e seu nevoeiro. O real e válido, na árvore, é a reta que vai para cima. Todos já acreditavam. Jó Joaquim primeiro que todos. Mesmo a mulher, até, por fim. Chegou-lhe lá a notícia, onde se achava, em ignota, defendida, perfeita distância. Soube-se nua e pura. Veio sem culpa. Voltou, com dengos e fofos de bandeira ao vento. Três vezes passa perto da gente a felicidade. Jó Joaquim e Vilíria retomaram-se, e conviveram, convolados, o verdadeiro e melhor de sua útil vida" (Rosa, 2009b, p. 560-561).

VOVÔ BARÃO – Alcunha de personagem no conto "Os chapéus transeuntes", do livro *Estas estórias*. Vovô Barão é o patriarca de uma família extensa, homem "Supremo no arrogar-se suma primazia" (Rosa, 2009b, p. 725). Sua palavra é lei, por isso, valendo-se de plenos poderes, quer ser enterrado no cemitério dos escravizados. Um homem "pronominal", másculo, absoluto e, nesse sentido, "Vovô Barão" se constitui em um lêmure e se transforma em "Vovô Varão". Recorde-se: a troca dos fonemas /b/ e /v/ é comum nas línguas românicas, principalmente no espanhol, e recebe o nome de betacismo: "Vovô Barão [Varão], o muito chefe da família", ou seja, com o lêmure, posses e potência se confundem.

VUPES, WUSPES, VUPSES, WÚPSIS, WUSP – Pensar nos fantasmas que rondam o *GSV* é pensar também no nome e no personagem misterioso do comerciante alemão Seo Emílio Wuspes, ou Wusp, Wúpsis, Vupses. Nome e personagem são em si lêmures, comportam muitas versões, inclusive na vocalização oscilante de Riobaldo (cf. Barbosa, 2022b, p. 32-39, 49, 50 ss.) que recuperamos em parte: "Seu nome duplo, Emílio Vupes [Vulpes?]; [Wolf/Wulf?], significa, na via latina, 'adversário raposa'; na via alemã, 'adversário lobo', em leituras etimológicas e especulativas que enriquecem a personagem" (Rosa, 2009b, p. 32). Emílio "Vulpes" aparece e desaparece como um fantasma nos conflitos, exerce negócios (pactos?) de todo o tipo com todos os fazendeiros: "Pois ia me esquecendo: o Vupes (Vulpes)! Não digo o que digo, se o do Vupes não orço – que teve, tãomente. Esse um era estranja, alemão, o senhor sabe: clareado, constituído forte, com os olhos azuis, esporte de alto, leandrado, rosalgar – indivíduo, mesmo. Pessoa boa. Homem sistemático, salutar na alegria séria. Hê, hê, com toda a confusão de política e brigas, por aí, e ele não somava com nenhuma coisa: viajava sensato, e ia desempenhando seu negócio dele no sertão – que era o de trazer e vender de tudo para os fazendeiros: arados, enxadas, debulhadora, fação de aço, ferramentas rógers e roscofes, latas de formicida, arsênico e criolinas" (Rosa, 2009b, p. 47). Na outra variante utilizada por Riobaldo, o termo "Wusp" estabelece uma relação com o inglês e se assemelha a *Wisp* numa das muitas possibilidades de significados permitidos de tradução, *Wisp* pode ser lido como "fio" (narrativo?). Ou seja, Seo Emílio *Wisp* é um dos muitos fios de um entrelaçamento composto no *GSV*. Não é um "fio" lateral, visto que esse comerciante enigmático, que paira sob um sertão em pólvora, parece ser uma máscara humana do demo. Ou, em termos literários, por Emílio ser um alemão, talvez seja um fantasma do *Fausto* de Goethe: "Ô titiquinha de mundo! E como é mesmo que o senhor frasêia? Wusp [Wisp] É. Seo Emílio Wuspes..." (Rosa, 2009b, p. 48). Eis, então, outro artifício para se criar fantasmas: a partir da "instabilidade" e "não domínio" da pronúncia correta de um termo.

X

XÍSPETO – Para este termo, que ocorre em *GSV*, Nei Leandro de Castro (1982, p. 196) indica: "Provável variante de xispeteó (XPTO), coisa de boa qualidade". Nilce Sant'Anna Martins avança e cita Utéza: "Var. de xispeteó (XPTO), voc. Pop. Já p. us. F. Utéza: 'No comentário que dedica a esta visão, Paul Teyssier vê em *xíspeto* a fusão de *chispa* e de ímpeto, deixando transparecer *xispeteó*, isto é, a transposição oculta do nome de Cristo (X.P.T.O.); E o pesquisador conclui pela assimilação de Diadorim ao Bem, cujo elã, ímpeto, partiria do fogo, chispa, vendo a interpretação confirmada pela retomada da inicial cristã, o X da cruz de Santo André concretizada no peito da personagem a torta cruz das cartucheiras' (*Metafísica do Grande Sertão*, p. 363). Parece-nos muita metafísica para explicar uma pal. que era de uso comum. (...) A princípio, segundo Castro Lopes [*Poesia e Prosa*, p. 1411], era marca de cobertor inglês, de muita cotação; depois ficou sendo tudo que se recomendasse pelo acabamento esmerado" (Martins, 2011, p. 530). Entretanto, e divergindo de Martins quanto à "muita metafísica", ponderamos que o comentário de Teyssier, citado por Utéza, é pertinente no contexto cristão em que foi educado João Guimarães Rosa, a saber, no Colégio Arnaldo, que ainda hoje está sob a responsabilidade dos padres da Congregação do Verbo Divino. Como tenta argumentar este *Glossário*, a indefinição é estratégia lemúrica rosiana. No seu texto, os sentidos vão se agregando, sem se excluírem uns aos outros. Vejamos a ocorrência do termo em foco: "E então, por uma vez, eu peguei o pensamento em Diadorim, com certo susto, na liberdade. Constante o que relembrei: Diadorim, no Cererê-Velho, no meio da chuva – ele igual como sempre, como antes, no seco do inverno-de-frio. A chuva água se lambia a brilhos, tão tanto riachos abaixo, escorrendo no gibão de couro. Só esses pressentimentos, sozinho eu senti. O sertão se abalava? Desfechei. Naquela corrida, meu cavalo teve as dez pernas. E cheguei no Paredão, na derradeira boa-luz da tarde. Diadorim, me esperava, demais. Ainda vi a alegria no rosto dele. O Paredão. O senhor ponha. Como esvoaça mosca gorda, de donde se matou boi. Tudo estava perfeito tranquilo. Diadorim – com chapéu xíspeto [raro; caro; barato; que impressiona pela qualidade ou novidade; crístico?], alteado. Nele o nenhum negar: no firme do nuto, nas curvas da boca, em o rir dos olhos, na fina cintura; e em peito a torta-cruz das cartucheiras. Os mais, zelando nas armas, corriam os dedos, apalpavam por afago. Conversei com todos. Aqui a guerra – que queriam guerra. Assim os meus catrumanos: quais as caras deles iam ficando de demônios; mais feio no demônio é o nariz e os beiços..." (Rosa, 2009b, p. 372). Observe-se que a menção da palavra "demônios" traz nitidamente o contexto do cristianismo para a cena. Além disso, há igualmente um entorno de brilho, garantido na cena pelo trecho: "chuva água se lambia a brilhos"; neste caso, é possível uma associação com o nome próprio Xisto, do grego, *xystós*, "polido, cortês" (cf. Guérios, 1973, p. 219 e 200) e, também do grego, χύστος/*xýstos*, "nome de um ingrediente do corante púrpura" ["name of an ingredient of a purple dye"] (Liddell-Scott, 1968, p. 2013). O nome Xisto, de uso popular e corriqueiro, é pertinente mesmo carecendo de uma letra "r" para se tornar Cristo, que significa "ungido", oleado e, daí, polido. Por outro lado, o *Infopédia – Dicionario Porto Editora* trata a palavra "xispeteó" como um antagônimo – palavra que é antônimo de si mesma: ex.: alugar = ceder ou tomar em locação – e dá os seguintes significados para o léxico: "xispeteó – adjetivo de 2 géneros e 2 números. 1. popular, coloquial que se vê e se assume como sendo sofisticado, de grande qualidade, de última geração ou muito inovador || 2. popular, coloquial genérico, pouco conhecido; sem nome que importe mencionar; de pouco valor || Transcrição de xpto, abreviatura do grego *khristós*, -é, -ón, 'cristo, ungido', formada a partir das letras gregas qui [X], ró [P], tau [T] e ómicron [O]". Martins (2011, p. 530), no verbete mencionado, indica o uso do termo "xíspeto" – na forma "xispeteó" – por Carlos Drummond de Andrade ; em Mário de Andrade (2019, p. 126), há uma ocorrência da mesma forma em *Macunaíma*; em Jorge Amado (1987, p. 167, 201, 239), na obra *Dona Flor e seus dois maridos*, também aparece. João Ribeiro (2008, p. 151) dedica-se igualmente ao termo e informa:

"É conhecido, por exemplo, o *chispeteó*, leitura das letras XPTO que representam o nome abreviado de Cristo (o X P representam as letras gregas /ch/ /r/ com que casualmente se parecem, sem relação entre as letras latinas e as gregas)". Sobre o possível caráter de contrônimo que comentamos para o termo, Ribeiro faz menção a outro advindo da palavra cristão: "Não admira essa perversão quando de 'cristão' se deriva 'cretino' e ainda em nosso linguajar plebeu do extremo sul, 'cristo' é o tolo por ser vítima e 'cristear' é enganar os ingênuos" (Ribeiro, 2008, p. 73). Todavia, não podemos deixar de registrar que Guimarães Rosa se utiliza de uma forma particular, não registrada, "xíspeto", uma espécie de neologismo que evoca sonoridades diversas de "ríspido" ou "chispeado", particípio de "chispear", "lançar chispas", em espanhol. Certo é que a instabilidade dos significados na obra de Rosa é técnica de criação de lêmures, a erudição do mineiro não é de pouca monta e, por isso, cremos que todos estes significados cabem na leitura do trecho.

XÔ – O termo ocorre em *GSV* e Nei Leandro de Castro (1982, p. 196) o interpreta como "forma aportuguesada do inglês *show*", pode ser observado no trecho: "Mais digo ao senhor? Atirei, minhas vezes. Aí, tomei ar. O senhor já viu guerra? A mesmo sem pensar, a gente esbarra e espera: espera o que vão responder. A gente quer porções. Demais é que se está: muito no meio de nada. A morte? A coisa que o que era xô e bala. Que qual, agora não se podia mais ter outros lados. Agora era só gritar ódio, caso quisesse, e o ar se estragou, trançado de assovios de ferro metal. O senhor ali não tem mãe, não vê que a vida é só brabeza. Revém ramo cortado de árvore, aí e o comum que cavacam poeiras e terras. Digo ao senhor, dou conversa. Aquilo era. Artes que carreguei o rifle, escorei, repetente. Aquele povo inimigo nosso esperdiçava muita munição, atiravam com nervosia. Não queriam morrer por nossa mão, não queriam. Ri me ri, e o Hermógenes me chamou com assombro. Em isso ele me crendo endoidado. Mas eu estava era de repente pensando em meu padrinho Selorico Mendes" (Rosa, 2009b, p. 138). Entretanto, cabem na leitura do excerto outros significados para a expressão, a ver: "xô", de acordo com o *Dicionário Houaiss* (2009, p. 1968), é interjeição "para induzir as cavalgaduras a cessar o movimento" e "para enxotar galinhas e outras aves" [cf. o uso deste sentido em Rosa no verbete **YPSILONE**]; ora, se pensarmos em balas como "aves voadoras" ou balas como aquilo que "cavalga duramente", os dois sentidos da interjeição podem ser incorporados na interpretação da passagem. As balas eram um espetáculo e também motivo para rechaço.

Y-W

Y OLÉ Y OLÉ – Expressão que manifesta o grito de um fantasma em "Páramo", de *Estas estórias*. O conto leva como epígrafe um sofisma de Platão em *Górgias* – "Não me surpreenderia, com efeito, fosse verdade o que disse Eurípides. Quem sabe a vida é uma morte, e a morte é uma vida" (Platão, *Górgias*, 492e) – e, como se sabe, é regido pela fantasmagoria que criamos no entorno das investigações que fazemos acerca do que seja vida e morte. O termo ocorre no trecho: "A gorda sombra imaginária, – transpõe uma esquina, em sotâina, sob a chuvinha, sob imenso guarda-chuva. Era um padre. Era pequeno, baixote, e, em sua loucura, dera para usar apenas objetos de tamanho enorme. Em sua cama caberiam bem dez pessoas. Seus sapatões. Seus copos. Por certo, ele praticaria a goécia, comunicava-se com o antro dos que não puderam ser homens. Esse padre gritava: – *Y olé y olé*! Fantasmagourava. Seus passos não faziam rumor" (Rosa, 2009b, p. 857). Rosa define o significado do grito "fantasmagoria + agouro". Mas a expressão sugere também um certo sentido hispânico e arcaico, e está, aliás, marcada com itálico pelo próprio autor.
Américo Venâncio L. Machado Filho (2014, p. 258), no *Pequeno léxico do português arcaico*, afirma: "hi hy i y – pron. Anafórico (< lat. *ibi*: Augusto Magne) 'Lá'; 'ali', 'aí'; 'nisso'". A informação é interessante, pois o significado apontado "lá, alí, aí", no contexto, soa como um grito de perseguição além de um provável susto e temor. Do ponto de vista fonológico, no português, o iode = y tende a constringir a passagem do som, em outros termos, o /i/ sai da boca de forma "apertada". Acrescente-se que o "y", como materialização gráfica, parece representar bem a epígrafe, trata-se de um caminho que se divide em dois e, outrossim, dois caminhos que se juntam em um.

YPSILONE – Nome de letra que ocorre substantivado em *GSV*, tanto Nei Leandro de Castro quanto Nilce Sant'Anna Martins registram a ocorrência. Trata-se, para Martins (2001, p. 533), da palavra "Ípsilon.

Grafia irregular do nome da antiga letra do alfabeto port., substituída pelo /i/. // O termo serve para enfatizar a comparação do homem com o animal. // Note-se que a configuração da letra se assemelha às orelhas do animal (N. L. de Castro). *Ypsilone dum jegue* é, portanto, 'cabeça com orelhas de burro', ou seja, cabeça orelhalmente". A interpretação é interessante e pertinente. Podemos observar seu uso no trecho a seguir: "Pensei; quase disse. Aquilo durou o de um pingo no ar. Eu havia de? Ah, não, meu senhor. Deu um momento, me tirou disso; e tanto bastou. Doidice, tontura de espírito... – eu repensei, reposto em pé. Xô! O ypsilone dum jegue eu era – zote, do que arrenego, cabeça orelhalmente? Ali eu era era o Chefe, estava para reger e sentenciar: eu era quem passava julgamentos!" (Rosa, 2009b, p. 371). Acrescentamos, contudo, um arremate lemúrico para realçar uma anedota fantasmática, em segundo plano, nas entrelinhas do fragmento citado. Na escrita, jegue não tem "y" – exceto se pensarmos em *donkey* – então, nesse caso, para Riobaldo ser jegue faltava nada.

WUSPES, WUSP, WÚPSIS – Cf. **VUPES, WUSPES, VUPSES, WÚPSIS, WUSP**.

Z

ZAROLHO – Localizado em "João Porém, criador de perus", de *Tutameia*. O termo é antigo na língua portuguesa. Significa: "Que mette um olho pelo outro, que o volta olhando para o outro. – Torto, vesgo, zanaga" (Vieira, 5º v., 1874, p. 1030). Candido de Figueiredo (1913, p. 2118) acrescenta: "adj. Chul. Vesgo. Cego de um olho. * Bras. do Norte. Diz-se do milho, no começo da maturação". Termo, portanto, que marca a indecisão. A personagem que recebe a adjetivação, João Porém, traz no nome a indecisão, a suspensão do juízo. O protagonista do conto se apaixona por uma fantasia: "Incutiram-lhe, notícia oral: que, de além-cercanias, em desfechada distância, uma ignorada moça gostava dele. A qual sacudida e vistosa – olhos azuis, liso o cabelo – Lindalice, no fino chamar-se. João Porém ouviu, de sus brusco, firmes vezes; miúdo meditou. Precisava daquilo, para sua saudade sem saber de quê, causa para ternura intacta. Amara-a por fé – diziam, lá eles. Ou o que mais, porque amar não é verbo; é luz lembrada. Se assim com aquela como o tivessem cerrado noutro ar, espaço, ponto. Sonha-se é rabiscos. Segredou seu nome à memória, acima de mil perus, extremadamente" (Rosa, 2009b. p. 590-591). A ideia fixa, entretanto, tratava-se de um amor impossível, visto que a moça não existia. A (in)solução do romance foi a invenção da morte. "– 'Aconteceu que a moça morreu...' – arrependidos tiveram então de propor-lhe, ajuntados para o dissuadir, quase com provas. Porém gaguejou bem – o pensamento para ele mesmo de difícil tradução: – Esta não é a minha vez de viver... – quem sabe. Maior entortou o olhar, sinceramente evasivo, enquanto coléricos perus sacudiam grugulejos. Tanto acreditara? Segurava-se à falecida – pré-anteperdida. E fechou-se-lhe a estrada em círculo" (Rosa, 2009b, p. 590-591). O mundo dos fantasmas, aqui, se manifesta pela indecisão e paropsia. Eis o trecho de ocorrência do léxico do verbete: "Agora o caso não cabendo em nossa cabeça. O pai teimava que ele não fosse João, nem não. A mãe, sim. Daí o engano e nome, no assento de batismo. Indistinguível disso, ele viçara, sensato, vesgo, não feio, algo gago, saudoso, semi-surdo; moço. Pai e mãe passaram, pondo-o sozinho. A aventura é obrigatória. Deixavam ao Porém o terreno e, ainda mais, um peru pastor e três ou duas suas peruas. (...) Já o invejavam os do lugar – o céu aberto ao público – aldeiazinha indiscreta, mal saída da paisagem. Ali qualquer certeza seria imprudência. Vexavam-no a vender o pequeno terreiro, próprio aos perus vingados gordos. Porém tardava-os, com a indecisão falsa do zarolho e o pigarro inconcusso da prudência. Tornaram; e Porém punha convicção no tossir, prático de economias quiméricas, tomadas as coisas em seu meio" (Rosa, 2009b, p. 590).

ZEFERINO – Nome de personagem em "A hora e a vez de Augusto Matraga", de *Sagarana*. Enquanto nome, seu significado, segundo Rosário Farâni Mansur Guérios (1973, p. 221), é diminutivo de "Zéphyros: propício, favorável". O nome remete imediatamente para a denominação do vento "brando e quente do oeste, no Mediterrâneo. (Os gregos já empregavam o termo)" (Cherques, 1999, p. 546). No entanto, na ocorrência mencionada, o dono do nome é, antes, um Zé bem ferino e mordaz; muito dado a ofender e magoar, nos sentidos arrolados no *Aulete digital*: Ferino "a. 1. Ref., inerente, pertencente ou semelhante a fera (agressividade ferina); 2. Fig. Que demonstra ou revela desumanidade, impiedade, crueldade (atitude ferina); 3. Fig. Que é dado a ofender ou a magoar os outros (pessoa ferina); 4. Fig. Que ofende, magoa, mortifica (comentário ferino); 5. Fig. Que tece comentários maldosos, ofensivos (língua ferina)". Eis o trecho de ocorrência do lêmure: "Enquanto isso, os outros devoravam, com muita esganação e lambança. E, quando Nhô Augusto chegou com a jacuba, interpelou-o o Zeferino, que multiplicava as sílabas, com esforço, e, como tartamudo teimoso, jogava, a cada sílaba, a cabeça para trás: – Pois eu... eu est-t-tou m'me-espan-t-tando é de uma c'coisa, meu senhor: é de, neste jantar, com t-t-tantas c'comerias finas, não haver d-d-duas delas, das mais principais! – Que é que está fazendo falta, amigo? – É o m'molho da sa-mam-baia e a so-p-p'pa da c'c'anjiquinha! Nhô Augusto sorriu: – Eu agaranto que, na hora da zoeira, tu no pinguelo não gagueja! – Que nada! – apoiou seu Joãozinho Bem-Bem. – Isto é cabra macho e remacheado, que dá pulo em-cruz...” (Rosa, 2009a, p. 257). A ofensa que pareceu caracterizar Zeferino como agressivo, ao final, foi corrigida por Joãozinho Bem-Bem: “macho remacheado”, donde “re” prefixo latino que marca repetição + “machear [o mesmo que cachear, v.t. Prov. trasm. Ter coito com, *machear*, (falando-se dos machos que, no coito, seguram com o bico ou com os dentes o pescoço da fêmea); machear v. t. Dobrar em machos, (falando-se de artefactos de costura ou trabalhos análogos). * Ter coito com, (falando-se de animaes). * Carp. Encaixar uma peça de madeira numa chanfradura ou fenda de (outra peça)” (Figueiredo, 1913, p. 330 e p. 1225, respectivamente), ou seja, Zeferino é “fera”, mas só no coito com mulheres. “Zeferino” poderia igualmente associar-se com “Severino”, do latim, *severinus* diminutivo de *severus*; outra possibilidade para leitura no trecho.

Referências

ALMEIDA, Leonardo Vieira de. Ñe'eng: a voz sertânica do jaguar. *Revista Crioula*, n. 3, maio 2008.

AMADO, Jorge. *Dona Flor e seus dois maridos*: história moral e de amor. Rio de Janeiro: Record, 1987.

AMARAL, Amadeu. *O dialeto caipira*. 3. ed. São Paulo: HUCITEC, Secretaria da Cultura, Ciência e Tecnologia do Estado de São Paulo, 1982.

ANDRADE, Mário. *Macunaíma*: o herói sem nenhum caráter. Brasília: Câmara dos Deputados, Edições Câmara, 2019.

ANÔNIMO do século XIV. *A nuvem do não-saber*. Trad.: Lino Correia Marques de Miranda Correia Moreira. 4. ed. Petrópolis: Vozes, 2013.

AQUINO, Rosa Gómez. *Inventário de criaturas fantásticas*: basiliscos, aluxes, muláminas, elfos y otros seres fabulosos. Buenos Aires: Pluma e Papel, 2006.

ARAÚJO, Heloísa Vilhena de. *O roteiro de Deus*. São Paulo: Mandarim, 1996.

ARBEX, Daniela. *Holocausto brasileiro*. São Paulo: Geração Editorial, 2013.

AZEVEDO, Téo; ÂNGELO, Assis. *Dicionário catrumano*: pequeno glossário de locuções regionais. São Paulo: Letras & Letras, 1996.

BAGNO, Marcos. *Gramática pedagógica do português brasileiro*. São Paulo: Parábola, 2012.

BARBOSA, Osmar. *Grande dicionário de sinônimos e antônimos*. Rio de Janeiro: Ediouro, 2000.

BARBOSA, Tereza Virgínia Ribeiro. *Feita no Brasil*: a sabedoria vulgar da tragédia ática para o povo tupiniquim-catrumano. Belo Horizonte: Relicário, 2018a.

BARBOSA, Tereza Virgínia Ribeiro. Ler, ver, reconhecer: anagnórisis em "Grande sertão: veredas" de João Guimarães Rosa. *Plural Pluriel*, v. 18, 2018b, p. 1-12.

BARBOSA, Tereza Virgínia Ribeiro. Metaplasmos: orientações para a tradução de Homero a partir da práxis de João Guimarães Rosa. In: PEREIRA, Germana Henriques, COSTA, Patrícia Rodrigues; VERÍSSIMO, Thiago André (orgs.). *História da tradução no Brasil*: teoria, recepção e cânone. Campinas: Pontes Editores, 2020. p. 83-103.

BARBOSA, Tereza Virgínia Ribeiro. Metaplasmos de um audaz navegante. In: BARBOSA, Tereza Virgínia Ribeiro; AVELLAR, Júlia Batista Castilho de; SILVA, Rafael Guimarães Tavares (orgs.). *Ser clássico no Brasil*: apropriações literárias no Modernismo e Pós. Coimbra: Imprensa da Universidade de Coimbra, 2022a. p. 244-283.

BARBOSA, Tereza Virgínia Ribeiro. *Lêmures gregos em João Guimarães Rosa*. Belo Horizonte: Relicário, 2022b.

BARBOSA, Tereza Virgínia Ribeiro. Pirlimpsiquice. In: CASTRO, Gustavo; ROWLAND, Clara; BESSA, Leandro (orgs.). *As* Primeiras estórias *de Guimarães Rosa*. Brasília: Editora UNB, 2024. p. 133-163.

BASTIANETTO, Patrizia Giorgina Enricanna Collina. *A tradução dos neologismos rosianos na versão italiana de "Grande Sertão: Veredas", de João Guimarães Rosa*. Dissertação (Mestrado em Estudos Linguísticos) – Faculdade de Letras, Universidade Federal de Minas Gerais, Belo Horizonte, 1998.

BIZZARRI, Edoardo; ROSA, João Guimarães. *João Guimarães Rosa*: correspondência com seu tradutor italiano Edoardo Bizzarri. São Paulo: T. A. Queiroz Editor; Instituto Cultural Ítalo-Brasileiro, 1980.

BOLLE, Willi. *Grandesertão.br*: o romance de formação do Brasil. São Paulo: Duas Cidades, 2004.

CARROLL, Maureen. *Spirits of the Dead Roman Funerary Commemoration in Western Europe*. Oxford: University Press, 2006.

CARVALHO, Moacyr Ribeiro de. *Dicionário tupi (antigo) português*. Salvador: Biblioteca Digital Curt Nimuendajú, 1987.

CASCUDO, Luís da Câmara. *Geografia dos mitos brasileiros*. São Paulo: Global, 2012.

CASTRO, Eduardo Viveiros de. Vejo os Araweté através da minha experiência com a antropologia. [Entrevista cedida a] Rafael José de Menezes Bastos e Carmem Rial. In: ______. *Encontros*. Org.: Renato Sztutman. Rio de Janeiro: Beco do Azougue, 2008. p. 52-71.

CASTRO, Nei Leandro de. *Universo e vocabulário no* Grande Sertão. Rio de Janeiro: Achiamé, 1982.

CHERQUES, Sérgio. *Dicionário do mar*. São Paulo: Globo, 1999.

CÍCERO. Marco Túlio. *Sobre as Leis* (*De Legibus*). Ed. bilíngue. Tradução, introdução e notas: Charlene Martins Miotti e Bruno Amaro Lacerda. Juiz de Fora: Editora UFJF, 2021.

COSTA, Ana Luiza Martins. Rosa ledor de Homero, *Revista USP*, v. 36, p. 46-73, 1997-1998.

COSTA, Ana Luiza Martins. Veredas de Viator. In: PINTO, Manuel da Costa (org.). *Cadernos de Literatura Brasileira, João Guimarães Rosa*. São Paulo: Instituto Moreira Salles, 2006. p. 10-58.

DEZOTTI, Maria Celeste Consolin; MALHADAS, Daisi; NEVES, Maria Helena de Moura. *Dicionário grego-português*. Cotia: Ateliê Editorial; Araçoiaba da Serra: Mnema, 2022.

DICIONÁRIO Aulete Digital. Desenvolvido por: Francisco J. Caldas Aulete; Antonio Lopes dos Santos Valente. Rio de Janeiro: Lexikon Editora Digital. Disponível em: https://www.aulete.com.br/.

DICIONÁRIO Infopédia da Língua Portuguesa. Porto: Porto Editora. Disponível em: https://www.infopedia.pt/dicionarios/lingua-portuguesa.

DICIONÁRIO Priberam da Língua Portuguesa. 2008-2021. Disponível em: https://dicionario.priberam.org/.

ESCALLÓN, Bairon Oswaldo Vélez. “Zero nada, zero”: uns índios Guimarães Rosa, sua fala. *ALEA*, Rio de Janeiro, v. 20/2, p. 53-73, 2018,

FARIA, Ernesto. *Dicionário latino-português*. Belo Horizonte: Livraria Garnier, 2003.

FERREIRA, Aurélio Buarque de Holanda. *Novo dicionário da língua portuguesa*. Rio de Janeiro: Nova Fronteira, 1975.

FIGUEIREDO, Candido de. *Novo diccionário da língua portuguesa*. Lisboa: Clássica Editora, 1913.

GALVÃO, Walnice Nogueira. Rapsodo do sertão: da lexicogênese à mitopoese. In: PINTO, Manuel da Costa (org.). *Cadernos de literatura brasileira*: João Guimarães Rosa. São Paulo: Instituto Moreira Salles, 2006. p. 144-186.

GALVÃO, Walnice Nogueira. Via e viagens: a elaboração de *Corpo de baile* e *Grande sertão: veredas*. In: PINTO, Manuel da Costa (org.). *Cadernos de literatura brasileira*: João Guimarães Rosa. São Paulo: Instituto Moreira Salles, 2006. p. 187-220.

GALVEZ, José A. (org.). *Larousse francês-português, português-francês*. São Paulo: Larousse, 2008.

GOELDI, Emílio Augusto. *As aves do Brasil*. Rio de Janeiro; São Paulo: Livraria Clássica de Alves & Cia., 1874.

GUÉRIOS, Rosário Farâni Mansur. *Dicionário etimológico de nomes e sobrenomes*. São Paulo: Ave Maria, 1973.

GUERRA, Antonio Teixeira. *Novo dicionário geológico-geomorfológico*. Rio de Janeiro: Bertrand, 1997.

HANSEN, João Adolfo. Guimarães Rosa e a crítica literária, *Letras de Hoje*, Porto Alegre, v. 47, n. 2, p. 120-130, 2012.

HOUAISS, Antônio; VILLAR, Mauro de Salles. *Dicionário Houaiss da língua portuguesa*. Rio de Janeiro: Objetiva, 2009.

HOWATSON, Margaret C. *Dictionnaire de L'Antiquité* (*mithologie, littérature, civilisation*). Trad.: Carlier, Jeannie *et al*. Paris: Éditions Robert Laffont, 1993.

JUNQUEIRO, Abílio Guerra. *Pátria*. Porto: Lello & Irmão Editores, 1896.

KING, Charles. *The Ancient Roman Afterlife*: di manes, belief, and the cult of the dead. Austin: University of Texas Press, 2020.

LATORRE, Vanice Ribeiro Dias. *Uma abordagem etnoterminológica de* Grande Sertão: veredas. Dissertação (Mestrado em Semiótica e Linguística Geral) – Faculdade de Filosofia, Letras e Ciências Humanas, Universidade de São Paulo, São Paulo, 2011.

LAUSBERG, Heinrich. *Elementos de retórica literária.* Trad.: R. M. Rosado Fernandes. Lisboa: Fundação Calouste Gulbenkian, 1967.

LIBRANDI-ROCHA, Marília. A literatura em trânsito ou o Brasil é dentro da gente (contração, expansão e dispersão). In: MONTEIRO, Pedro Meira (org.). *A primeira aula*: trânsitos da literatura brasileira no estrangeiro. São Paulo: Itaú Cultural, 2014. p. 31-37.

LIBRANDI-ROCHA, Marília. *Grande sertão: veredas* e a defesa do ficcional. *Luso-Brazilian Review*, v. 52, n. 1, p. 95-109, 2015.

LIDDELL, Henry Georg; SCOTT, Robert. *A Greek-English Lexicon.* Oxford: Clarendon Press, 1968.

LIPKA, Michael. Constituent concepts. In: ______. *Roman Gods*: a conceptual approach. Leiden; Boston: Brill, 2009. p. 11-103 (Religions in the Graeco-Roman World, v. 167).

LOXTON, Howard. *The encyclopedia of saints.* London: Brockhampton Press, 1996.

MACHADO FILHO, Américo Venâncio Lopes. *Pequeno vocabulário do português arcaico.* Brasília: Editora UnB, 2014.

MARQUES, Henrique de Oliveira. *Dicionário de termos musicais.* Lisboa: Editorial Estampa, 1985.

MARTINS, Nilce Sant'Anna. *O léxico de Guimarães Rosa.* São Paulo: Editora da Universidade de São Paulo, 2001.

MARTINS, Maria Cristina. Os complementos de lugar em latim clássico e latim vulgar: uma comparação. *Organon*, Porto Alegre, n. 44/45, p. 89-102, 2008.

MEYER-CLASON, Hans Curt; ROSA, João Guimarães. *João Guimarães Rosa*: correspondência com seu tradutor alemão Curt Meyer-Clason (1958-1967). Org.: Maria Aparecida F. M. Bussolotti. Trad.: Erlon José Paschoal. Rio de Janeiro: Nova Fronteira; Academia Brasileira de Letras; Belo Horizonte: Editora UFMG, 2003.

MICHAELIS Dicionário Brasileiro da Língua Portuguesa. São Paulo: Melhoramentos, 2015.

MONTEIRO, Carlos Augusto de Figueiredo. O espaço iluminado no tempo volteador (*Grande sertão: veredas*). *Estudos Avançados*, v. 20, n. 58, p. 47-64, 2006.

MOOREHEAD, Caroline. *Lost and found*: the 9,000 treasures of Troy: Heinrich Schliemann and the gold that got away. New York: Viking, 1996.

NAVARRO, Eduardo de Almeida. *Dicionário de tupi antigo*: a indígena clássica do Brasil. São Paulo: Global, 2013.

NOUWEN, Henri J. M. *A volta do filho pródigo*: a história de um retorno para casa. Trad.: Alessandra Lass, Thaís Martinez Arcari. Tapevi: Nebli, 2019.

OLIVEIRA, Luiz Cláudio Vieira de. Guimarães Rosa leitor de Machado. *O Eixo e a Roda*, v. 7, p. 79-91, 2001.

PHILLIPS, Robert C. Manes. In: *Oxford Classical Dictionary*. Oxford: University Press, 2016.

PINTO, Manuel da Costa. Guimarães Rosa por ele mesmo: o escritor no meio do redemunho. In: PINTO, Manuel da Costa (org.). *Cadernos de Literatura Brasileira*: João Guimarães Rosa. São Paulo: Instituto Moreira Salles, 2006. p. 77-93.

PINTO, Olivério de Oliveira. *Novo catálogo das aves do Brasil*. São Paulo: Empresa Gráfica da Revista dos Tribunais S.A., 1978.

PINTO, Ana Paula. O recado do morro: profecia e redenção. *Forma Breve*, n. 16, p. 111-122, 2020.

PINTO, Joaquim de Almeida. *Dicionário de botânica brasileira*. Rio de Janeiro: Tipografia Perseverança, 1873.

PIVETTA, Marcos. Uma dose de Darwin na taxonomia. *Revista Pesquisa Fapesp*, ed. 294, ago. 2020. Disponível em: https://revistapesquisa.fapesp.br/uma-dose-de-darwin-na-taxonomia.

PLATÃO. *Górgias*. Introdução, tradução e notas: Manuel de Oliveira Pulquério. Lisboa: Edições 70, 1992.

RELAÇÕES Étnico-Raciais - Prof. Dr. Kabengele Munanga. 2013. 1 vídeo (50 min). Publicado pelo canal Amílcar Ifé. Disponível em: https://www.youtube.com/watch?v=7FxJOLf6HCA.

RELIGIOUS Tract Society. *Natural History*: a popular introduction to the study of quadrupeds or the class mammalia. London: Chiswick Press/C. College House, 1833.

RIBEIRO, João. *Curiosidades verbais*. Rio de Janeiro: ABL; Biblioteca Nacional, 2008.

RÓNAI, Paulo. Apêndice: Os prefácios de Tutaméia. In: ROSA, João Guimarães. *Tutaméia*. Rio de Janeiro: José Olympio, 1976. p. 193-197.

RÓNAI, Paulo. *Rosa e Rónai*: o universo de Guimarães Rosa por Paulo Rónai, seu maior decifrador. Org.: Ana Cecília Impellizieri Martins, Zsuzanna Spiry. Rio de Janeiro: Bazar do Tempo, 2020.

"SORÔCO, sua mãe, sua filha", *Primeiras estórias* - 60 anos. 2022. 1 vídeo (90 min). Publicado pelo canal Siruiz. Disponível em: https://www.youtube.com/watch?v=YKk58014CgQ.

ROSA, João Guimarães. Entrevista com João Guimarães Rosa. [Entrevista cedida a] Fernando Camacho. *Humboldt*, v. 18, n. 37, 1978, p. 42-53.

ROSA, João Guimarães. *Ficção completa*. Rio de Janeiro: Nova Aguilar, 2009a. v. 1: *Sagarana*; *Manuelzão e Miguilim*; *No Urubuquaquá, no Pinhém*; *Noites do sertão*.

ROSA, João Guimarães. *Ficção completa*. Rio de Janeiro: Nova Aguilar, 2009b. v. 2: *Grande sertão: Veredas*; *Primeiras estórias*; *Tutameia*; *Estas estórias*; *Ave, palavra*.

SANTOS, E. *Da ema ao beija-flor* (vida e costumes das aves do Brasil). Rio de Janeiro: F. Briguiet & Cia, 1938.

SCHLIEMANN, Henry. *Mycenae*: a narrative of researches and discoveries at Mycenae and Tiryns. London: John Murray; Albemarle Street, 1878.

SELIGMANN, Johann Michael; EDWARDS, George; CATESBY, Mark. Sammlung verschiedener ausländischer und seltener Vögel: worinnen ein jeder dererselben nicht nur auf das genaueste beschrieben, sondern auch in einer richtigen und sauber illuminirten Abbildung vorgestellet wird. Nürnberg, 1764. Disponível em: https://digi.ub.uni-heidelberg.de/diglit/seligmann1764bd6/0081/image,info.

SILVA, David Lopes da. *Enciclopédia jagunça*. Maceió: Edufal, 2011.

SILVA, Dora Ferreira da. Às margens de Rosa. In: PINTO, Manuel da Costa (org.). *Cadernos de Literatura Brasileira*: João Guimarães Rosa. São Paulo: Instituto Moreira Salles, 2006. p. 59-60.

SPERBER, Suzi Frankl. *Guimarães Rosa*: signo e sentimento. São Paulo: Ática, 2012.

SZTUTMAN, Renato. Apresentação. In: CASTRO, Eduardo Viveiros de. *Encontros*. Org.: Renato Sztutman. Rio de Janeiro: Beco do Azougue, 2008. p. 8-19.

TAXONOMY of lemurs. In: WIKIPEDIA: the free encyclopedia. [San Francisco, CA: Wikimedia Foundation, 2010]. Disponível em: https://en.wikipedia.org/wiki/Taxonomy_of_lemurs.

TIBIRIÇÁ, Luiz Caldas. *Dicionário tupi-português*: com esboço de gramática de tupi antigo. São Paulo: Traço, 1984.

UTÉZA, Francis. *JGR*: metafísica do *Grande Sertão*. Trad.: José Carlos Garbuglio. São Paulo: Editora da Universidade de São Paulo: 1994.

UTÉZA, Francis. *JGR: metafísica do Grande Sertão*. São Paulo: Edusp; PULM, 2016.

VERLANGIERI, Iná Valéria Rodrigues. *J. Guimarães Rosa*: correspondência inédita com a tradutora norte-americana Harriet de Onís. Dissertação (Mestrado em Letras) – Faculdade de Ciências e Letras, Universidade Estadual Paulista, Araraquara, 1993.

VIEIRA, Domingos. *Grande Diccionario Portuguez ou Thesouro da Lingua Portugueza*. Ed.: E. Charuon e Bartholomeu H. De Moraes. Porto, 1874. 6 v.

VIVEKANANDA, Swami. *Karma-Yoga*. Calcutá: Udbodhan, 1901.

WOODS, Richard Donovon. *Hispanic first names*: a comprehensive dictionary of 250 years of Mexican-American usage. Westport, Conn.: Greenwood Press, 1984.

Referências secundárias

ATTWATER, Donald. *A Dictionary of Saints*. New York: P. J. Kennedy, 1958.

BELTON, James Hampton. *An Encyclopedia of Ancient Greek and Roman Mythology*. New York: Gutenberg, 2009.

CASCUDO, Luís da Câmara. *Dicionário do folclore brasileiro*. São Paulo: Global, 2001.

CEZAR, Adelaide Caramuru; SANTOS, Volnei Edson. O insólito provocado pelo encontro dos jagunços com os catrumanos em Grande Sertão: veredas, de João Guimarães Rosa. In: CONGRESSO LUSO-AFRO-BRASILEIRODE CIÊNCIAS SOCIAIS.11., 2011. *Anais...* Salvador: Universidade Federal da Bahia, 2011.

COX, George William. *A Manual of Mythology in the form of question and answer*. New York: Leypoldt & Holt, 1868.

DEUEL, Leo. *Memoirs of Heinrich Schliemann*: a documentary portrait drawn from his autobiographical writings, letters, and excavation reports. New York: Harper & Row, 1977.

HAZIN, Elizabeth. De Aquiles a Riobaldo: ação lendária no espaço mágico. *Revista da Anpoll*, n. 24, v. 1, p. 291-303, 2001.

HERRERO LLORENTE, Víctor-José. *Diccionario de expresiones y frases latinas.* Madrid: Gredos, 1980.

LORENZ, Günter; ROSA, João Guimarães. "Diálogo com Guimarães Rosa" (Congresso de Escritores Latino-Americanos, Gênova, janeiro de 1965). In: ROSA, João Guimarães. *Ficção completa*, Rio de Janeiro: Nova Aguilar, 2009. p. 31-65.

JOBES, Gertrude. *Dictionary of mythology, folklore and symbols*. New York: Scarecrow Press, 1962. v. 2.

PAIGE, Joy. *Roman mythology*. New York: Rosen Pub, 2006.

PINDAR; Cecil Maurice Bowra (ed.). *The Odes of Pindar*. Introduction and English Translation by Sir John Sandys. Cambridge: Harvard University Press; London: William Heinemann Ltd., 1937.

MYLONOPOULOS, Joannis (Μυλωνόπουλος, Ιωάννης) (ed.). *Divine images and human imaginations in Ancient Greece and Rome*. Leiden; Boston: Brill, 2010.

YODER, Anne D. Lemurs. *Current Biology*, v. 17, n. 20, p. 866-868, 2007.

SPEZIE, Giovanni *et al.* Evidence for acoustic discrimination in lemurs: a playback study on wild indris (Indri indri). *Current Zoology*, Oxfordv. 69, n. 1, p. 41-49, 2023.

ZILLY, Berthold. "Procuro chocar e estranhar o leitor" *Grande Sertão: Veredas* – a poética da criação e da tradução. *Fronteiraz*, São Paulo, n. 19, p. 4-31, 2017.

ZILLY, Berthold. Especial de capa: Grande sertão alemão. [Entrevista cedida a] Luiz Rebinski Junior). *Cândido*, ed. 105, abr. 2020. Disponível em: https://www.bpp.pr.gov.br/Candido/Pagina/Especial-Capa-Grande-sertao-alemao.

1ª EDIÇÃO [2025]

Esta obra foi composta em FreightText
e Neue Haas Grotesk Pro e impressa em papel
Pólen Natural 80 g/m² para a Relicário Edições.